JN195933

НОЧЬ

ノーチ

夜

浅丘邦夫

Kunio Asaoka

文藝春秋
企画出版部

ノーチ　夜

ночь ночь вечер

目次

человек, который не унывает

挫けぬ人

一

山城は、西方から進出してきた五万余の大軍に忽《たちま》ち包囲された。城将は二十五歳の青年天鬼《てんき》克久で、実質の首領は秋月重兵衛という歴戦の士である。

天正六年（一五七八）夏。

城は、播磨、備前、美作の国境にあって、鋭く対立する東西の大勢力陣営の最前線に位置した。これまでに幾度かの争奪戦で、そのつど、城の主が入れ替わった危険な城であり、西方の軍団は、あえて空き城としていた。

敵を誘い込んで包囲する囮《おとり》の城である。城塞は堅固だが、街道筋に出張っていて大軍で包囲されやすい弱点を持つ山城だった。

今度、その囮の城を占拠したのが、天鬼一族一統である。彼らは、かつては由緒ある名族だったが、国を奪われた流浪の民で、天鬼党と自称していた。

彼らは、離散の一族一統を再結集して、故国奪還を目指して戦いを挑み、進軍の途上だった。勿論、単独行動は無理で、東方の大勢力の後ろ盾があってのことで、その先兵となって戦っていた。

城将の天鬼克久は、一族の主筋の遺児である。彼は、これまで都の少年学僧だった。十年前に秋月重兵衛が、その遺児を探し出し盟主に担ぎ出したのだ。


囮の城が占拠されたと知ると、西方の軍団は、待ち構えていたかのように、大兵で包囲したのだった。その包囲軍こそ、天鬼党の故国を奪った仇敵に他ならない。

周辺の山野に軍勢が展開して、その旗幟が色とりどりにはためき、幕舎が、そこここに紅白の幔幕を張り巡らし配置された。

山は深く、森は露に濡れている。旗幟を背に連絡の騎馬武者が、機を織りなすように駆け巡っている。

城が重囲にあると知ると、今度は、後ろ盾の東方の軍団も直ちに反応した。とりあえず、後詰め（援軍）一万七千が急派され、東側の一里余離れた山に布陣した。しかし、包囲軍五万、対する一万七千では、兵力が隔絶していて城に接近できなかった。

後詰めは、城内の兵の士気を鼓舞するために、昼は、遠くから旗幟を高々と差し上げて喊声《かんせい》を上げ、法螺貝を吹き鳴らし、銅鑼を叩いた。夜は、かがり火を山を焦がさんばかりに焚いた。

城に立て籠っているのは、兵二千余のほかに非戦闘員の婦女子、老兵、傷病者で、含めると二千五百である。鉄砲は五百挺、兵糧は二百日分運び込んだ。

天鬼党が国を失ってから十余年経つ。一族一統が離散しても、再結集し得た求心力は、彼らの父祖の地に伝承する新月信仰に他ならなかった。故国の根城に隣接する山の端にかかる月、そのものが信仰の対象だった。

彼らは、名族の後裔だが、国を失ったために、やむなく盗賊まがいの働きをする者もあって、餓狼集団だの、あるいは海賊、山賊などに紛れ、怖れられ侮蔑を受けて各地に散っていた。

戦線は、籠城を中心に包囲軍、救援軍の三つ巴の膠着状態となった。包囲軍は、犠牲を避けて無理攻めはしなかった。

「間もなく、主力が総力を挙げて救援に来る。それまでの辛抱だ。怖れることはない。見ておれ、蹴散らしてくれるわ」

兵の動揺を抑え、重兵衛は叫ぶ。

確かに、更に東方から強力な主力八万が駆けつけるはずだった。すなわち、これを機に、東方の軍団は、西方の軍団と大決戦に持ち込む覚悟という。

新手が着陣すれば、兵力差は大きく逆転する。圧倒的な援軍を目前にすれば、包囲軍は決戦を避けて、城の囲みを解くだろう。と、城内の全員が希望をつないでいた。婦女子、老兵、傷病兵ら足手まといを多く抱えての籠城は、主力が必ず助けに来るという、その確約があってのことだ。われらを見捨てるはずがない。

重兵衛は、東から砂塵を巻いてくるはずの救援軍を、じりじりする思いで待った。

しかし、新手の救援軍は、何時まで待っても姿を現さない。

増援の督促のため、密使が囲みを潜って、東の山に布陣する後詰めとの間を往来した。しかし、芳しい返事はない。大軍は進発したというが、どこかで留まっているらしい。援軍が近づいたとの知らせも、狼煙《のろし》も揚がらなかった。城の将士の間に、疑念が湧き、動揺が見られるようになった。大援軍は果たして来るのか。幻に過ぎないのではないか。

やがて、密使は、絶望の知らせを持ち帰った。

「援軍は断念せよ。背後の東播州に謀反の動きあり、まず総力を挙げて鎮圧せよとの命令である」

という。西方の勢力が後方攪乱の調略を行ったのであろうか。不穏な動き、というのである。

「増派は不可である。のみならず、今の後詰めも撤退せねばならない。総力を挙げて謀反を誅滅する。天鬼党は、城を開き、全員一気に突出して、われらに合流せよ。一夜待つ。狼煙を合図に、撤退する」

明朝、突出ができなければ、天鬼一族は捨て殺しということである。

このこと、城兵にはまだ知らせていない。知っているのは、重兵衛と、城将の青年だけである。


その朝、蟬がうるさく樹葉を震わせていた。望楼の兵らの顔は汗が滴り、土埃でざらついていた。鎧を脱ぎ、脂ぎった肌を布でしきりに拭いている。羽虫が、しきりに纏わりついた。

時折、銃撃音が響き、弓弦が鳴り、軍馬のいななきや喊声が聞こえた。物見の兵が出張ってきて、その顔が見えるほど接近することもあった。彼我の物見と物見が接触すると、小競り合いの銃撃音や叫喚が聞こえた。鉄砲の硝煙の悪臭が漂う。

数日来、かがり火の勢いは衰えを見せ、昨夜は、まったくの闇となった。

昨夜は、更に、深い霧が、白い幕となってあたりを深く覆っていた。朝、風が起き、霧が吹き払われると、視界が一気に晴れ渡った。

滴る汗をぬぐっていた望楼の兵らが、顔色を変えて叫んだ。

「後詰めの旗幟が一本も見えぬ、一兵も見えぬ。地に潜ったか、空を駆けたか」

「山のかがり火が、全く消えていたわ」

「後詰めが消えたようだ。われらを見捨てたか」

援軍去って、城は大海の孤島となって孤立した。

城に、婦女子や老兵が多いのは、民族移動のごとく、家族を帯同しての戦いであったからである。今となっては足手まといに違いなかった。

「さて」

重兵衛は空を見上げた。月影は淡い。彼は三十九歳で、一族一統の実質の首領である。

街道が白蛇のように、うねうねと連なっているのが望見できる。城は、この街道筋に出張っていて、為に大軍に囲まれやすい立地条件にある。それを承知で、重兵衛は、多くの反対を押し切り、主導して、この城に籠った。

その街道を北進し、中国山脈を越えれば、やがて、日本海に面した故国に進攻できる。それが彼の主張だった。しかし、援軍が消え去って、望みのない籠城となった。


突然、森の中の兵らの溜まりに騒ぎが起きた。

「蛇だ、白蛇だ」

という叫び声が起き、雑兵《ぞうひょう》らが叫んでいる。

「わっ、噛まれた」

騒ぎは益々、大きくなった。一匹の白い蛇が、叢《くさむら》に素早く逃げ込もうとしていた。

「叩け、殺せ」

兵らは、蛇を木切れで追い回し、打ち叩いたようだった。

「なに、馳走と思え、食えるぞ」

すでに、籠城は久しい。兵糧の蓄えも限りがある。騒ぎを聞いて、重兵衛が、雑兵を掻き分けて近づいてきた。兵らが、重兵衛を取り囲んだ。彼らは殺気だっていた。

「この山には、蛇が多く、皆が怖れています。どうかしてください」

更に、彼らは口々に不満をいった。

「あなたは、われわれを集め、故国を復活させると称して、この城に籠った。しかし、このままでは、蛇に嚙まれるか、餓えて死ぬか、敵に攻め滅ぼされ、殺されるかどちらかです。あなたは、われわれを殺すために、この城に皆を集めたのか。この城は、囮の城というではないか」

重兵衛は答えず、その蛇を木枝に絡ませて、高々と差し上げ、やがて、杖のように、遠くへ放り投げ逃がした。兵らは、恐れて飛び散った。

「触れてはならぬ」

重兵衛は厳しく命じて立ち去った。

兵は動揺している。いわれずとも、重兵衛自身が最も悩みは深い。

望みのない籠城となった。全員死兵となって、全滅覚悟で突出し、東に去りつつある援軍に合流するか。わが身一つならば、何とでもできる。しかし、傷病兵、老兵、婦女子を多く抱えている。突出は無理である。

それとも、恥を忍んで降伏するか。その包囲軍は、かつて故国を滅ぼした仇敵だ。今一歩という要衝地点に拠りながら夢は断たれたのか。

「信じて、ここまでついてきた兵を、ここで死なせてはならぬ。信を裏切ってはならぬ。降伏開城すれば、兵まで殺すことはなかろう。命は助けることはできる。しかし、われら天鬼党の宿願はどうなるのか。これまでの苦難は何だったのか。さて、何をなすべきか」

故国は良港を持ち、異国との交易が盛んだった。砂鉄から良質の鋼が作れた。銀山があって富み栄えてきた。山の端にかかる月が冷やかに美しい。月を神とする慣わしがあった。月信仰は、一族一統の求心力であり、結束の象徴に違いなかった。

月信仰は、遠く海の向こうから伝わったという。遠く砂漠の神が姿を変えたと伝えられている。古老たちの話だ。

国を追われずに、帰農できた者は幸いである。仇敵の軍門に下り、その禄を食《は》んでいる者もある。侍は渡り者、恥ずべきことではない。しかし多くが、西に東に流浪の旅を続け、餓狼と怖れられ忌み嫌われた。ある者は山に入り賊となり、ある者は海の賊と結び組んだ。ある者は物乞いや、傀儡師《くぐつ》に身をやつして世をしのいでいた。この屈辱に挫けず、重兵衛は再結集に成功した。

ゆうべ、月が宙空に鋭く抛りかかっていた。重兵衛は、愛用の長槍を横たえ、わが身を黒い地面に投げかけて、血の汗を滴らせて新月を仰いだ。

（われら一族一統の守り神、力を与えたまえ。囲みから兵を救い出したまえ）

二

城将の天鬼克久は、杉の荒削りの板戸を閉めて、ひとり書院で、文机《ふづくえ》に向かっていた。窓外を小蛇が、ちらちらと濡れた背を光らせて、夏草の上をすり動いているのに目をとめた。羽虫が、うるさく羽音を立てて部屋の中を舞っていた。

彼は、都で少年学僧として身を潜めていて、僧として生涯を終えても良いと思っていた。学問好きだし、その方が自分に適していると思っていた。実を言うと、故国復活など、さして望んでいたわけではなかった。しかし、ある風雨の夜、寺に忍び込んだ重兵衛が、説得して故国奪回の戦さの修羅場に引きずり込んだ。

自分は、将の器ではない。僧侶の方が似合っているとさえ思っていた。道を間違えたかも知れぬ。

武将たちの多くは、妻女を伴っていた。重兵衛も、妻と娘を伴っていた。しかし、青年は女気を避けた。少年僧であった頃を懐かしみ、純な潔癖性を保っていた。

兵らの、立ち騒ぎが聞こえていたが、俄《にわ》かに静まった。板戸を叩く者がいる。野太い声が部屋に響いた。

「重兵衛です。御大将おられるか」

「重兵衛か、よい、入れ」

「おう」

錆びた声で、その男が入ってきた。青年は、背を向けていた。十五歳の少年僧であった頃から、十年の歳月が戦塵の中に経っていた。髷を結わず総髪を背に垂らしていた。その髪は、しなやかで波打ち、匂い立つ若い女のようでもあった。鬢《びん》ずれして、日焼けした長身の男が入ってきて一礼して座った。青年は、向き直った。汗の匂いが押し寄せてきた。その汗ばんだ額を、青年は眩しそうに眺めた。赤黒い吹き出る汗は、その男の生き様と、あふれる精気を発散していた。

青年は、鋭い眼差しで尋ねた。

「兵は、何を騒いでいるのか」

「彼らは、不安に怯えています。蛇を怖れて逃げたり、追い回したりして気を紛らしています」

重兵衛は答え、続いていった。

「われらは見事に捨て殺しとなり申した。さて何をなすべきか。御大将の考えをお聞かせください」

少し震える声で、青年は答えた。

「今となって策とてあるまい。全軍死兵となって討ってでるか、城を開くか。ふたつにひとつ」

青年の唇の端が、少し引きつって見えた。この危険な城に拠るのを強く主導したのは誰であったか、非難めいた気持が、心を支配していた。

城は、街道筋に出張っていて、大軍に包囲されやすい弱点があると、皆がそう主張し反対した。それを抑えて、この城に拠るのを強く主張したのが、重兵衛ではないか。責めは重兵衛にある。汝は、くどく繰り返し主張したではないか。

「危険なればこそ、守り通してこそ、われらの存在を世に示すことになる。危険なればこそ、われら天鬼党の進むべき道筋が開ける」

が、結果は裏目に出た。責任は、重兵衛自身が十分承知している。

青年は、青白く光る目を重兵衛に当てた。その男と対するとき、いつも、むれるような、卑屈な圧迫感と、説明のつかぬ、軽い憎悪に似た感情が生じる。汗臭い匂いに押し潰されそうになる。

青年は、気持を切り替え、乾いた声でいった。

「直ちに諸将を集めよ、軍議とする」

「承知つかまつった」

大きく頷き、立ち去った。

その四肢は、百戦を戦い抜いて鋼のように見えた。その肌は、埃と脂で黒く輝いて見えた。腰は乗馬で、どっしりと安定していた。青年は背後から眩しく眼で追った。燃え残る炎の芯のような情感を覚え、何のための情感か、なぜそうなるのか、自分の心の動きを怪しんだ。

三

軍議の席に七将が着座し、城将の青年と重兵衛が加わった。まず、青年は乾いた声でいった。

「率直に事態を伝えねばならぬ。主力の救援は期待できないとわかった。更に、後詰めは退きつつある。望みのない戦さと覚悟せねばならぬ。とはいえ、何としても血路を開かねばならぬ。いかなる方策が残っているか、忌憚なく、意見を述べてくれ。皆の覚悟を聞かせてくれ」

沈黙が続いた。援軍が去りつつある今、このまま、籠城が継続できるか、どうかと、青年は問うた。

「後詰めは、まだ遠くは退いていない。われらに城から全員突出して、合流せよといってきている」

七将は、ざわついた。

「無理でござろう」

皆が、同時に声を上げた、

「怪我人、病人、女子供を多く抱えておるわ。全員突出などできぬ相談よ」

鉄砲は多数持っているが、弾薬、兵糧には限りがある。援軍が去り孤立した以上、戦いに望みはない。籠城を続ける選択肢はない。沈黙のみが軍議の席を支配した。

全軍死兵となって突出して、撤退中の援軍に合流を図るか、全滅覚悟で討ってでるか、降伏するか。しかし、誰も、石の地蔵となって口を開かなかった。

誰も声を上げなかった。沈黙の頃合いを見計らって、重兵衛は、熱っぽく謀《たばか》りの降伏を主張し始めた。謀りと聞いて、皆は驚いて顔を見合わせた。

「これまでも挫折の連続ではなかったか。これが初めてではない。再びやり直そう。七度倒されても八度立ち上がる。一旦の、開城はやむなしと存ずる」

続ける。

「謀りの降伏開城は、やむなしと存ずる。しかし、われらの志は、これで終わりではない。このような事態は幾度も経験してきた。これで挫けることはない。降伏は終わりではない。再起の始まりの誓いを致そうではないか。離散しても、再結集を図ればよい。今更、これしきで挫ける天鬼党ではありますまい。故国には、旧交を忘れず、今なお、われらに心を寄せる多くの国人が息を潜めて、新しい時代の到来を待ち望んでおります。われら天鬼党が旗を揚げて野に立ち呼びかければ、必ず、風《ふう》を望んで馳せ参じましょう。必ず、再起の機会は与えられるはず」

青年は黙して頷いた。この男ならやるだろう。今までがそうであったように。この男は挫けを知らぬ。

これまでも、この男は、囚われ、脱走して兵を起こしたことがあった。勢いに乗じて勝ち進んだこともあったが、最終に敗れた。それでも挫けずに這い上がってきた。

重兵衛の意見が通り、謀《たばか》りの降伏開城と決した。離散しても、ひそかに連絡を取り合い、機を見て再び結集しよう。これは終わりではない。方便である。再び立つと誓い合った。開城は、屈服ではない。

しかし、謀りの降伏に、敵が何を条件として求めてくるだろうか。

「開城を決する。敵に軍使を立てよ」

青年は、沈んだ声で命じた。

城門が開かれ、白旗を背に軍使の騎馬武者が三騎進み出た。包囲軍が、道を開いていく様子が、望楼から望めた。

一刻半ばの後、軍使は、包囲軍の総帥からの条件の書状を持ち帰った。軍議の諸将は軍使に視線を集めた。

まず城将である青年が、書状を受け取り、素早く眼を走らせ、そのまま重兵衛に渡した。

包囲軍の条件は、次の恫喝であった。

「城将、天鬼克久殿のご切腹こそあるべし。ご切腹あれば、城内全員の命をお助け申す。城を開いて、いずこに立ち去るとも、ご自由なり。これがなければ城内全員を攻め滅ぼし申すべし」

降伏の条件は、城将の切腹を求める。それが、すべてであった。

書状は、更に諸将に回付された。

青年の眼が再び青白く光った。城攻めに際しての常識通りの、敵の要求と思えた。むしろ、寛大な条件である。何の不思議もない。予期していたとはいえ、青年の顔は蒼白かった。

「私の死で、全将士の命を購《あがな》えるというなら、将としてこれ以上の名誉はない」

と、青年は、潔く言い切った。わかり切ったことだ。と、青年は冷静に立ち返った。しかし、包囲軍は、なぜ、重兵衛の首も併せて求めなかったのか、と、疑念がかすめている。自分は傀儡で、真の首領は、その男と、彼らは知り抜いているのに。


七人の将は、石の地蔵のように項垂《うなだ》れて沈黙している。青年は、自分自身を励ますように、念のため、繰り返した。

「私の死で、全将士の命を購えるというなら、将としてこれ以上の名誉はない」

言い切ると、青年の、重兵衛に対するこれまでの卑屈な感情が反対になった。初めて、立場が逆転して優位に立ったと錯覚した。

「私は席を外す。この場所にいないほうが、皆の者は語りやすいであろう。存分に語るがよい。犠牲は、私一人にとどめるがよい」

青年は、爽やかに立ち去り、あとは諸将に委ねて、書院に戻った。文机に向かった。しかし、眼は虚空《こくう》をさまよっていた。暗い時間が経った。

軍議の席に残った重兵衛と七人の将は、青年の去ったのち、多くは語らなかった。最後に、重兵衛は諸将を見渡し、ひとこと、

「それで、よろしいか」

と念を押した。彼らは顔を見合わせて、黙って頷いた。それでとは、青年の首一つを敵に差し出すということである。

「それで、よろしいな」

重兵衛は念を押した。彼らは、又、石の地蔵となって、沈黙してしまった。やがて、「承知」の声が、皆から呻きのように洩れた。ほかにいうべき方策がなかった。城将の青年の死と引き換えに降伏、開城ということで軍議は終わった。重兵衛は、これから、青年に合議の結果を伝えねばならない。

青年は、書院に戻り、いつものように文机に向かっている。書を開いているが、眼は虚空をさまよっていた。誰かが、戸を叩いた。

「重兵衛です」

「おう入れ」

その男が入ってきた。眼が細く表情は暗い。青年は書を閉じ、沈んだ眼を男の額に当てた。

男の額は広く、唇は薄く、四肢には力が漲り、全身から圧倒するような精悍な気迫が溢れてくるように青年には思えた。彼はこの男と対するとき、いつも壁のような胸苦しさを感じた。妙な気詰まりと、異質の感情のうねりが潮のように高まった。

「皆の意見は、どうであったか」

重兵衛は、沈黙していた。その男の沈黙は、自分の死を求める合議の結果を意味すると、青年は知っている。

（どうやら、どちらかが死なねばならぬ。死の籤を引かねばならぬ。しかし、敵が欲しがっているのは、重兵衛の首のはずだ。その男は、われわれの牙、敵に向かった牙、敵は、その牙を抜きたいに決まっている。しかし……)

青年は、小さな沈んだ青白く光る眼を、その男に当てた。青年は緊張で少し震えている。皮肉なことに、今日は、自分はこの男に勝ったと思った。

(だが)

妙に心が高ぶり、内に燃え上がる何ものかを感じていた。心は移ろいさまざまに飛び散っていく。万事、躓《つまず》いたが、この男の存在がなければ、ここまで敵を苦しめ、戦えなかった。ここまで戦えたのは、ひとえに、この男の狂気に似た執念による。

「皆の意見は、どうであったか」

重兵衛は、いつまでも沈黙している。

「……」

沈黙が答えのすべてである。

「私が腹を切ればよいのであろう」

青年は、念を押すように、やや甲高い、女性的な声で言い切った。唯一つの明快に残された、その男が待っている答えを、相手に言わせず、自分の方から言い切ってしまうと、青年の心は青空を覗き見たように軽やかに浮揚した。重石が取れたのだ。卑屈から解放された。

（わかり切ったことだ。初めからすべての結末がこうなるべく仕組まれていたのだ）

将としての、覚悟の言葉とは裏腹に、やや、投げやりな感傷に落ち込んでいた。

二枚の活殺の札がある。その男が差出し、青年に一枚を選べと迫った。青年は、選択肢のない札を一気に引いた。手の内のその札をゆっくりと見た。その札は［殺］。初めから、その一枚しかなかったのに。

青年は心で叫んでいた。

（私は一介の傀儡にすぎぬ。飾り人形に過ぎぬ。私が死んだとて何になろうか。汝こそすべての責めを負う立場であろうに）

しかし、その青年は、苛立った心の動きと反対を言った。

「その方は死んではならぬ。生き抜いて、再び故国復活の旗を立てよ」

自分は死ぬが、その方は生きよ、と、心の方向と、反対の方向を告げた。この男と対すると、いつもこうなのだ。いつも心と反対のことを言ってしまう。再び、卑屈が頭をもたげた。

すると、重兵衛は肩を落とし、顔を伏した。しばらく沈黙の後、堰が切れたように、一気に言い放った。

「今はただ一筋に、お腹を召されますように」

青年は、冷たく笑って頷いた。自分が間違いなく死の籤を引いた。その唇の端は、相変わらず小さく引きつっていた。

常に、その男の言いなりになり行動してきた。絶えず、人に言えぬ圧迫感があった。しかし、自裁を受け入れた瞬間から立場は逆転したように思えた。その男は負の札を受け入れ、自分は正の札を引いた。その男との立場が逆転した小気味良さがあって、卑屈さから解放されていた。その男はくどくどしく言い訳をした。

「私も御供つかまつるは当然ながら、思うことあれば、しばし、命をお貸しください」

その男は、許しを請い、ひれ伏した。

「もし、甲斐なき命を惜しみ、不義の降人に出たと思われるかも知れませんが、やがて必ず、再結集して戦います。死を無駄にいたしませぬ」

青年は、相変わらず唇の端をひきつらせていた。自己の心と反対をいい続けた。

「万事ことごとく挫折した。その方の知謀拙いゆえではない。ひとえに家運の尽きたるためであろう。学僧として終わる身が、一時にせよ、数万の兵を司ることができたのは、男子一代の栄燿である。まして諸士の命に代わることができるのは、将としてこれ以上の幸せはない。その方は早まらず、今一度時を待ち、兵を起こせ」

青年には、覚悟はできていたが、その時期が問題だった。その男がその時期を正確に運んできた。

青年は、青く光る眼をその男の額に当てた。青年は文机から立とうとして、立ち眩《くら》みよろめいた。その男は両手を深々と突き、肩を震わせている。

青年は、軍議の席に立ち戻り、着座するなり、

「敵の条件を受け入れる」

と、席上を見渡して、改めて伝えた。切腹の前にいくつかのことを書き残した。天鬼家に伝わる宝刀は、

「この宝刀は、その方が受け継いでくれ」

と、重兵衛に手渡した。鎧、金銀のすべてを将士に分かち与えた。

青年は、重兵衛に、再び憎しみに近い青白い眼を向けた。青年の眼に、かすかな不明の情念が、ほむら立ったかに見えた。微かに、引き込まれるほどの不思議な嫉妬に似た不確かな情念が、炎の芯のように残った。青年は、死の決意に立ち向かい、得もいえぬ心に動揺し、しばらく自分自身を怪しんだ。しばしの時間が過ぎた。その男も、諸将も眼を伏せて沈黙を続けている。

その男は、しばらく命を貸して欲しいという。しかし、降人に出たとて、あの狡猾で強《したた》かな敵は、この男を許すまい。

青年は死の札を取り、その男に生の札を残した。生の札は心の負と重なって、その責

めに苦しむはずである。

しかし、重兵衛は、卑怯と蔑まれようと、不義と罵られようと、自分は生きる、決して殉死はしない。生き抜かねばならないと、決意している。

重兵衛は、月の神に疑問を投げかけた。

(われら一族一統の守り神、なぜ、われらを、かくも試みに遭わせ給うのか)

四

「城将のご切腹こそあるべし」

青年は、少し立ち眩んでよろめいている。城将として死の告知に動揺したことを恥じた。

「して、私の切腹の日は、いつとするか」

「明後日が良かろうかと、その旨、相手に伝えますが」

言葉少なく答える。

「しかと、承知した。改めて、全員に、女子供にも洩れなく伝えよ。私の作戦の拙きゆえに、皆につらい思いをさせた。よく、ここまで、私ごときについてきてくれた。改めて礼をいう。ご苦労であったと。志は果たせなかったが、よく戦ったと伝えよ。後々のことは、すべて重兵衛に任せるゆえ、その指示に従うようにと伝えよ。まことにご苦労であったと。くれぐれも感謝の心を伝えてくれ」

「承知」

言葉少なく野太い声で答えた。

「して、何の刻とするか」

と、青年はさらに、自分の死の時刻を問う。低い抑揚のない声が返ってきた。

「巳の刻（午前九時から十一時）が適当かと存じます。敵方からも検分役が参りますゆえ、そのように伝えます。そのご覚悟と、ご用意をなさりますように」

「さて、検分役は、誰であるか」

「杉荒太殿でござろう」

敵方随一の猛将の名を挙げた。検分役が入城するに当たっては、人質の交換が必要である。さしずめ重兵衛の妻子である。

青年の、鉛のように青ざめた顔色を見て、重兵衛は声を励ましていった。

「今は、ただ一思いにお腹を召されますように」

「くどい、わかっておるわ」

青年は、腹立たしく答えた。自分の命は、あと二夜だと、他人事のように想いをめぐらす。


青年が再び抜けた軍議の席は、奇妙な静寂が支配した。沈黙が続く。御大将一人、生贄として死なせてよいのか。その後ろめたさが漂った。所詮は、亡国の餓えた狼のなす業よ、と、世人のあざけりを浴びるだろう。

その場に連なる武将たちの想いは、皆、同じである。皆は重兵衛の顔色を、そっと窺った。命惜しさに降人となるのか。しかし、当の重兵衛は、微動もしない。素知らぬ顔に見えた。黙然と座している。どれほどの時が過ぎただろうか。

暫くして、白髪交じりの老将が、ゆったりと起立した。皆の視線が集まった。

「御大将一人だけ死なせるわけにはまいらぬ。それがしは御供仕る。御大将の切腹の前日に、露払いとして、それがしは自裁仕る」

と、大声をあげた。皆は、驚いてその老将を見た。彼は、六十歳を超えている。更に最近、若い妻を娶っていた。諸将は、再び、重兵衛の表情を窺った。その男こそ、殉死すべき第一番ではないか、との想いが皆の胸の内を過《よぎ》った。しかし、その男は素知らぬ顔でいる。

諸将は、顔を見合わせる。ほかに誰が殉死を申し出るのだろうか。腹を探り合った。

暫く経って、青年の義兄にあたる部将が起立した。

「それがし、御供仕る」

又、一人が、袴の塵を払って立った。

「それがしも御供いたす」

更に、一人起立した。

「私も御供いたします」

三人の将が、次々に起立して殉死の決意を宣言した。老将と合わせて四人となる。残るは四人である。次は誰が起立するのか。皆は一斉に、それとなく又、重兵衛を窺った。

しかし、その男は素知らぬ顔である。なぜ、殉死を表明しないのかと皆は訝《いぶか》った。重兵衛は、依然、沈思のままである。というより、懸命に怒りをこらえている。

（汝らは、何を考えているのか。先ほど再起を誓ったばかりではないか。旗を立てると誓ったではないか。あれは何だったのか、偽りだったのか、死ねば終わりではないか）

更に、

（死ぬはたやすい。しかし、何をそしられようと、不義といわれようと、卑怯と罵られようと、自分は生きる。自分だけでも生き残ってみせる。兵を起こし再戦を果たさねば止まぬ）

この挫けぬ男は、自己を信じ、自己を恃《たの》むことが強い。虜囚《りょしゅう》の辱《はずかし》めをうけようと、必ず、機を見て脱走して故国の野に立って、国人に呼びかけよう。旧交を忘れない者は集えと。風を望んで、志を持つ国人らが必ず集う。

最初に殉死を申し出た老将の若い妻は、その夜、自害を図った。

翌朝、老将は身を清めてから、野外が一望できる城の曲輪の高台に出た。襟を正して突っ立ち名乗ったのち、

「御大将のご切腹に先立ち露払いとして、敵味方の諸士の前で自裁いたす。よくよく御検分くだされ」

と、声高く崖下の敵味方、数千の将士の頭上に告げた。茜に染めた単衣《ひとえ》の姿である。袴は付けず、太刀を抜き放った。敵味方が静まり返った中に、日頃より嗜んだ謡曲を舞い終わると、胸を貫いた。

五

翌日、城将の青年が自裁する時が来た。敵将、杉荒太が、三百の精兵を引き連れて城に入り立ち会った。

青年は、緑濃い庭上に白布を広げた。白衣に身を包み、君臣の契りを謝し、別れとして三度杯を傾けた。

青年は、古式に則り呼吸を整え正座した。小太刀を抜き放った。用意の辞世の句を唱えて、腹を十文字に切り、「はや、首を打て」と、しっかりと命じた。介錯の剣が振り下ろされた。重兵衛は、薄く目を伏せ、青年の首が落ちたのを目の隅に認めていた。

二人目は、青年の義兄で、「お見事であった」と言い残し、腹を切った。

三人目は、異様な叫び声をあげて、踏み石に仁王立ちすると、振り返りもせず一気に腹に刃を突き立てた。刃の先は背を抜けた。

四人目は、青年を介錯した将である。青年の首を落とした刀を手桶で清めた後、青年の死体にひれ伏し、

「これより、御供仕ります」と、静かに胸を貫いた。

青年のほかに、前日と合わせて四人が殉死したが、まだここに、決して死なぬと心に決めた男がいた。重兵衛である。死ぬのはたやすい。しかし、自分は決して死なぬ。青年や、諸将の死を無駄にはせぬ。残党を再結集して、幾たびでも兵を起こすと、思い定

めていた。殉死者たちを目の隅に認めて、沈黙を続けた。

立ち会いの敵将、杉荒太は、

「確かに検分いたした。お見事であった」と、これも野太い声を残し、兵を引き連れて、急いで山を降りた。

（何かが終わったらしい）

城の兵らは、一様にそう感じている。が、まだ終わっていない、と信じている一人の男がいた。殉死すべき第一番と目された重兵衛だ。彼は、次々と殉死するのを、素知らぬ顔で沈黙していた。死ぬは易しい。しかし生き抜く、再戦せずには止まぬ。

重兵衛は、井戸水で体を洗い清めた。その裸体は鍛え抜かれ、腰の乗馬筋は見事に隆起し、艶やかに光っていた。刀槍の傷跡が幾筋も縦横に走っていた。着衣を改めると、青年の首を、恋人をいとおしむように押し戴いた。

自ら、青年の首を洗い清める作業を丹念に続けている。その髪をすき、椿油を薄く塗り整えた。青年の髪は濡れて、清潔な女のように輝き、緩やかに波打っていた。皮膚をもみ、死の表情を安らかに造った。化粧を行い、香をたきこめ、青年の首を慈しむように何時までも両手に押し戴き、額を近づけた。桶に入れ白布に包んだ。胃から喉元にかけて突き上げてくる、赤黒い炎のような激情を懸命に抑え、人に見せまいと努力していた。

（不忠と思われましょうが、私は、御供いたしませぬ。命惜しさではありませぬ。なさねばならぬことが、あります故。それまで、命をお貸しください）

清められた青年の首は、白布で重兵衛の首から吊り下げられ、胸に抱かれて、外曲輪や望楼の一つ一つと別れを告げ一巡した。銃声もなく、眠いような静寂が山峡を霧のように包んでいる。青年の首は、これから敵の総帥の検分に供さねばならない。

汗が滴り、眼にしみた。重兵衛は、十数人の郎党を引き連れていたが、いつになく苦しそうに歩いている。誰とも一言も口をきかなかった。石畳を数えるように踏みながら、

（この静けさは、どこからやってくるのか）

と、しきりに考え、城の外曲輪の防衛線を形成するくねった山坂の急な下りをゆっくりと降って行った。樹葉のざわめきも蟬の音も聞こえない。重兵衛は、静寂の中に佇んでいた。

（この石のような重い心から、何時になれば解き放たれるのか）

と、思い沈みながら。

細い下り坂は、果てなく続き、曲がり続け、旅路に似ていた。小笹や雑木の小枝が、狭い道に溢れ出て歩くのを妨げた。山砂と小石が、ともすれば脚を滑らそうとした。曲輪の土壁が、行く手に立ち塞がり、その都度、迂回せねばならない、羽虫が小さい羽音を立ててまつわりついた。

小蛇が、叢に潜んでいて、ぬらり、と背の輝きを見せた。更に、二匹ほどが背を光らせて潜んでいた。

戦意を失った雑兵らが、木の陰に腰を下ろし、虚空を見ていたが、重兵衛を見ると、飛び上がるように起立した。

手負いの兵が、血で黒ずんだ布切れを巻き直し、自分で手当てしている。ぶ厚い唇をだらりと開けて、猥雑さをもてあました風情で、槍を抱えて寝そべっている者もいる。彼らも驚いて起立した。

長い坂を漸く降り切って城門に辿り着いた。門を守備する数十人の兵は、気づくと驚き恐れ蝗《いなご》のように左右に飛び散った。

夏雲が急速に屏風となって立ち上がり、覆いかぶさっている。

白布の箱は、重兵衛の胸に抱きかかえられていた。城門の扉を開き放った。重兵衛の頬から顎にかけて、ざらついた汗が薄く光り滴り落ちた。さらに坂は続いて、敵兵の散開する平野に降り立った。

城楼を振り返り仰ぎ見る。行く手にかげろうのような輝きが、白くゆらめいた。青年の首を胸に抱き、散開する敵の軍兵の隊列の中に分け入った。意識のなかに、行く手を遮る敵の姿はない。

青年の死に、報ずる事は何か、深い霧の木立の中に、独り、さまよい佇んでいる。包囲軍の兵らは、気風に圧されて、たじろぐように後退していった。

六

重兵衛は、青年の首を敵の総帥の検分に供したのち、城に引き返した。

突風が雑木林をゆるがし、夕立が走った。翠がひときわ鮮やかに揺れ動き、葉が、油をぬったように輝いた。


開城を、見苦しくなく実行するための采配を行った。城中をくまなく清掃するように命じ、焼却すべきは焼却し、水が惜しげもなく打たれた。

勇敢に戦った多くの兵士たちに、『その働き、比類なし』と、直筆の感状を与えた。侍は渡り者、主人を代えることは、いささかも不名誉ではない。この感状を携えて、新しい主人に仕えよ、恥ずべきでないと、身の処し方を、よくよく言い聞かせた。

二千五百の人数は、女子供を交え怪我人や病人をいたわりながら、武装のまま、一団ずつに分かれて、間隔を空けて、規律正しく、全員が城から出ていった。

遠くの親戚を頼って行く者、故郷へ帰る者、東に向かう者、西に行く者など、各地に散って去るだろう。全員が城を無事に出たのを見極め、城内をくまなく巡回した後、最後に郎党を引き連れ、山を降りた。

重兵衛は、膝が隠れる程度の帷子《かたびら》の軽装に、脛《すね》まで届く布のわらじを履き、受け継いだ宝刀を帯びた。六十人の郎党は戦意を消して弓は袋に入れ、太刀は鞘に収め、鉄砲は火縄を消して城を出た。

ある思いに囚われている。

（あの時以来、この静けさと、奇妙な平安がやってきた。御大将が、自分のいうままに、素直に自裁を受け入れた。あの時から）

青年は、自分を信じて死を受け入れた。その行為に報いねばならない。そうでない限り、呪縛された心を中和させることはできない。

七

包囲軍は、民家を本営としていて、紅白の幔幕を張りめぐらせていた。重兵衛は一人で歩んだ。幕舎の前では、

「お腰の物をお預かりいたす」

佩刀は取り上げられ丸腰となった。

敵の総帥は、重兵衛を迎え入れた。将士が居並び、更に猛将、杉荒太が傍に控えていた。

総帥は豊頰《ほうきょう》で、勝者の感興は覚えていたが、それは、小さな囮城でのささやかな勝利に過ぎない。東方の軍団主力は、依然、無傷であり、数倍の兵力で、いずれ怒濤のごとく進攻してくるはずである。

傍の杉荒太が声をかけてきた。

「ご苦労でござった」

一礼して、用意されていた床几に座った。総帥と重兵衛は二間余の隔たりである。杉荒太がその間に割って入った。総帥は、

「汝の忠戦は、敵味方を超えて誰もが認めている。さて、御身は、これから如何するつもりか」

重兵衛は答える。

「許されるならば、遠く、ゆかりのない地に去って、鋤、鍬を握って、生涯を終えたいと思っております」

総帥は、しばらく沈黙して、杉荒太を顧みた。杉荒太は、半ば疑心を抱きながら、鋭い目付で重兵衛を注視していた。

総帥は、ゆっくりといった。

「いや、汝を野に放つことはできぬ。さりとて汝ほどの士を死なせることはならぬ」

これは半ば本心である。やや頭を傾げて、重兵衛の表情を窺った。

重兵衛は目を細くして次の言葉を待っている風であった。総帥は、しばし沈黙してから、

「されば、五千石の知行を与えるによって当家に仕えよ。この杉荒太と共に、余の両輪

となって働いて貰いたい。侍は渡り者という。二君に仕えるのは決して恥ではない。天鬼家の遺臣の多くが、わが陣営で仕えてくれている。存じておろう」

総帥は、重兵衛の心を試した。どのように返答をするか、答えと覚悟の次第で、その通り召し抱えてもよい。半ば本心、半ば疑心の罠だった。返答次第では斬る。

重兵衛は、深々と頭を下げ言葉少なく、

「仰せに従います」

とのみ答えた。総帥は、杉荒太と目配せしているように見えた。意外なほどの、すんなりの返事で、戸惑ったように見えた。

重兵衛が退場すると、総帥は杉荒太に、

「今の言葉、まことと思うか、謀《たばか》りと思うか」

と問うた。杉荒太は困惑して、「わかりませぬ。しかし、敵とすれば怖しいが、味方とすればこれ以上の頼もしき者はありませぬ」と答えた。

総帥は、しばらく考えていたが、

「余は、大いなる謀りと見た。斬れ」

と命じた。杉荒太が、ためらいを見せると、

「よい、迷わず斬れ。あの男、生かしておけば、後に必ず当家に仇をなすだろう。災いの根は未然に絶つ」

と、厳しく命じた。いずれ、東方の軍団と存亡をかけての決戦が必至の情勢である。その前に、災いの牙は砕いておかねばならぬと決意している。

八

重兵衛は、手飼いの郎党六十人の一人一人にねぎらいの言葉で別れを告げ、西方の知行地に向かった。一行は、妻、二人の娘、屈強の郎党二人の六人に絞り込まれ、敵の二百騎が、前後を固めて進んだ。

その日、朝早く出発した一行は、早い速度で昼過ぎまでにすでに五里、進んでいた。

空は澄みわたり、光り輝き遮るものもなく高く深い。重兵衛は、青年から譲り受けた熨《の》斗《し》のついた宝剣を帯び、雄大な馬体の栗毛に揺られていた。

郎党の一人は長槍を肩に、一人は大太刀を背に重兵衛の前後を固めていて、主従が、もし引き離される場合は、闘死すると心得ていた。敵の総帥の甘言は、罠であろうと、彼らなりに覚悟を定めていた。彼らは、自分たちの最後の戦いが近いと予感していた。

川の渡しには、二艘の舟が行き来している。重兵衛は馬から降り、川の岩に腰を下ろした。川魚の鱗が、反転し水中にきらめくのが見えた。時々水面を鋭く叩き跳ね上がる。

「奥方から、先に舟に乗られよ」

敵の護送隊は、ごく自然な誘導で重兵衛の妻と二人の娘の三人を、先ず川の向こうへ舟で渡した。川は、さざ波を立てて美しく澄み、小石は早い流れに色彩を添えている。

主とは言え、弟の情愛をもって接した青年の死は、何にも増して、重兵衛の心に傷跡をのこした。川面を見るともなく見ている。

やがて、杉荒太の密命を帯びた刺客の五人が遅れて到着し、重兵衛を襲う機を窺っていた。彼らは、それぞれ蛇のように、音もなく叢の陰から迫っている。

重兵衛は、川の流れに気を取られている。純な青年の死を思い起こしていた。蜻蛉《とんぼ》が、次々と川面を滑空していた。強い西の陽光に重兵衛は手をかざした。背後に蛇たちの迫ってくるのに気がついていない。

「今こそ」

刺客の一人が、背後から襲いかかり、重兵衛に一撃を加えた。重兵衛の肩を刃が氷のように通り過ぎた。重兵衛は水中に飛び込み、難を避けようとした。彼らも次々と水中に飛び込み、重兵衛に組み付こうとしたが、重兵衛は素早く鎧通しを抜き、一人を刺した。彼らの一人が、水中で重兵衛の両足に組み付き、さらに怪力の刺客が背後から組み付き、重兵衛の動きを封じた。肩を割られた重兵衛は、次第に意識を失いかけている。

真っ白な大きな太陽が輝いていた。やがて、緑色に変化した。不思議な濃緑の太陽が輝いている。苦痛は何もなかった。心が青空に浮揚した。

「御大将」重兵衛は、かすれた声を絞った。

「お側に参りますぞ。御一人にはさせませぬ。再び、共に兵を……」

これまでの、重石のような負の想いが、水の溶けるように中和して薄らいでいた。

（間もなくお側に参ります。決して、御一人にはさせませぬ。共に再び兵を……）

重兵衛は懸命に呼びかける。心の負が失せ、意識が消えた。

水中の騒ぎで、川の流れは、朱に大きく染まったが、それは一瞬の出来事に過ぎない。やがて騒ぎは静まり、流れは、元の澄明に戻った。

川岸では二人の郎党が、多数を相手に、なお闘っていた。一人は長槍で、もう一人は大太刀で暴れ廻っていたが、槍ぶすまに突き伏せられたのか、これも騒ぎは静まった。

川底の小石は、さまざまな彩りで、さまざまな造形で美しく変化している。相変わらず、蜻蛉が滑空している。

一行の二百騎は、目的を果たすと、百騎ずつ二隊に分かれて、東西に去った。東方に引き返した隊は、秋月重兵衛の首を携えていた。騙し討ちの後ろめたさからか、城将天鬼克久と同じ墓所に葬ることを命じられていた。更に、殉死の武将たちも共に、多数の僧侶の読経で、丁寧に弔うことも伝えられていた。

西方の本国へ向かった隊は、その妻子を粗略に扱わぬように格別に気を配った。帰国してからも、当分の間は、それなりの保護を与えるように命じられていた。天鬼家の伝家の宝剣は、家宝として受け継がれるだろう、とのことである。彼らは、その日の夕暮れまでに更に七里以上、何かを怖れるように帰国の途を急いだ。

н о ч ь в е ч е р

ノーチ　夜

一

明治三十五年（一九〇二）晩夏。

ペテルブルグ、ネヴァ河畔の清潔な街並みにレンガ造りの素敵なアパートがいくつか並んでいる。その一つに休暇中の日本人のタケ兄さんが、ひとりで住んでいる。ゆったりした部屋がいくつかある。暖かい日だ。

朝、十時頃、遠慮深いノックがあって豊頰のスラブ娘が部屋の前に立った。

驚くほどの美貌だが、やや目の鋭い、気の強そうな娘だ。花束を抱いている。髪は三つ編み、白いスカーフで包んでいる、赤い半そでシャツと褐色のサラファンだ。殆ど化粧はしていない。アリアズナだ。約束していた。

ドアが開いた。

「オハヨー」と、アリアズナがにっこりする。

「ハラショー」と、タケ兄さんは髭面で応じて、「どうぞ部屋にお入りください」と合図した。アリアズナは、タケ兄さんに向き合った。タケ兄さんは、ブルーのゆったりした上着に、右わきにボタンを留め、ひもでくくったルパシカの寛いだ姿だ。ロシアの青年の姿に変身している。

アリアズナは、部屋に入ると、持ってきた花を机の上の透明のガラスの花瓶に活け替えた。

アリアズナは、部屋の中を、素早く見渡した。独身男だが、きちんと整理整頓されている。タケ兄さんの性格というより日本の海軍士官だから、艦隊勤務の日ごろの習慣だろう。

片隅に、かっこよいペチカが備え付けてある。壁面に地図がいくつか貼り付けてある、地球地図、ロシアの地図、ペテルベルグの市街図などだ。海図もある。

書棚があって、プーシュキンの詩集ほか、レールモントフ、ツルゲネフなどロシア語の文学書が並んでいた。ロシア語の勉強をしていて文学好きなのだ。タケ兄さんは、軍人にして詩人だ。自作の詩もあれば、プーシュキンの詩を好んで訳して漢詩という、シナ風の詩に作り替えて、朗々と抑揚をつけて音楽のように読んでくれた。詩吟というのだそうだ。

彼女は、今日は、ある思いを心に秘めている。その瞳は煌《きら》めいていた。訪れたのには、ある、ただならぬ企みを胸に秘めていた。

アリアズナは二十歳になった。十六歳の時、父の招きで自宅を訪れたタケ兄さんと知り合った。家族ぐるみの付き合いとなって、親交が深まった。以来、異国の男性として、胸にときめくものをいつしか覚えるようになった。ロシアの青年たちは、アリアズナの周りに群がっていた。タケ兄さんと交友のあるミハイル海軍大尉も、その一人だが、見向きもしない。東洋のタケ兄さんに、ぞっこんなのだ。慕情に理由などないだろう。

だが、タケ兄さんはロシアに赴任して四年近くなり、帰国命令が来たという。このまま帰してしまえば、再び会えないかもしれない。それで心に秘めたことがある。思い切って実行するためにきた。

アリアズナは、強い意志、理性の持ち主だ。今、特に瞳が煌めいているのには、それなりの理由がある。

タケ兄さんは三十一歳になった。軍人だから、戦さがあれば、いつ死ぬかわからない。それで、生涯娶らずと宣言している。

（タケ兄さんは、遠からず戦さとなって死ぬのではないか。それが、タケ兄さんの生き方なのだろう）

縁起でもないが、ずっと、その不安と予感があった。軍人だから、いつ戦争があって、いつ死ぬかわからないと、本人も覚悟しているらしい。それもあって、生涯娶らずと、いうのだろう。軍人でも、死ぬ軍人と生き残る軍人があるだろう。タケ兄さんは、死ぬ側だ。なぜか死地に身を委ねたがっているように思えた。死地に身を置くことが生き方なのだろうか。

この冬、二月十日頃、馬の橇《そり》で、見渡すかぎり雪原となるシベリアを横断して帰国する壮大な計画という。

橇には大きな箱を乗せる。衣服、寝具、食料をたっぷり積んで走る。数百里の行程だから、何十日かかることか。馬は二頭か三頭立てで御者は付く。駅から駅に乗り継いで走る。ロシア人でも、尻込みするというのに。

ロシアの地勢や国情を自分の目で見、自分の足で踏破するつもりなのだ。冒険心が異常に強い。

タケ兄さんは、やはり死ぬのではないか。それは確信に似たいやな不安だ。軍人だから、それだけでない、彼女には、予知能力のような得体の知れない能力があることに、自分自身気がついている。

間もなく、お別れだ。だから訪れた。

帰国すれば、もう生涯の別れになるかもしれない。今、会っておかなければ悔いを残すだろう、悔いは残してはならない。

良家の娘だから、男性のアパートなど、ひとりで訪れることはない。だが、タケ兄さんは特別だった。思いを残さないように、そう心に秘めて、このアパートを訪れたのだ。

「紅茶を入れよう」

タケ兄さんは、立って台所でごそごそして、素敵な模様の陶器の紅茶カップを二つ持ってきた。

「ヴァレニエ（ジャム）はどうしますか。要りますか」

髭面をちょっとゆるませて、やさしい顔を向けていった。

「たっぷりください」

アリアズナは微笑した。紅茶カップを前にタケ兄さんとまた、向き合った。

二

「私を抱いてください」

アリアズナは、さりげなく、すらりといってのけた。突然、娼婦に変身した。が、内心はドキドキ心臓が破裂しそうだ。

良家の娘の口に出すことではないのはわかっている。だが、いいにくいことは、先にいう方がいい。四年に近い、長い親しい間柄だ。気心は、もう十分わかっていた。何ごとにも時がある。

青春は再びやって来ない。青春に悔いを残してはならない。すぐ過ぎ去ってしまうのだ。

タケ兄さんは、びっくりしてまじまじと、アリアズナの煌めく瞳を覗き込んだ。ちょっとためらって、傍のソファーを指さした。やさしい視線だ。

「そこでお休みなさい。バニヤードナ」

バニヤードナは、了解の言葉だ。タケ兄さんの顔面は紅潮していた。

アリアズナは、ほっとして緊張が解け、思わず微笑した。

「今じゃないのよ。ゆっくり紅茶をいただいてから」

「そうか、そうだね」

タケ兄さんは生まじめだ。照れくさそうに微笑した。

「女の方からいうことではないのですよ」

タケ兄さんを責める気持は毛頭ないが、彼女は、いたずらっぽく少し睨んで微笑した。

「男の方からいってくれることなのよ。誘ってくれることなのよ。でも、いくら待ってもいってくれそうにないから」

アリアズナは弁解した。本心だった。青春の悔いを残さないために、生涯に悔いを残さないために、心を決めていた。

すべてを投げ与える気持だ。甘えきる気持でいた。青春のすべてを、人生のすべてを、悔いを残さないために来た。なぜなら、タケ兄さんは、間もなく死ぬだろうから、それは確信に似た思いだった。なぜかはわからぬ。

タケ兄さんは、びっくりしたようだが、あっさりアリアズナの願いを聞き入れてくれたようだ。首筋が赤く染まっている。

タケ兄さんが入れてくれた紅茶を、ゆっくり楽しみながら、二人は他愛ない世間話をしばらく交わした。

「去年の冬、タケ兄さんと二人、ペテルブルグの郊外を、雪原を犬橇で走ったね。でも、犬橇の手綱捌きは、お上手とはいえなかったけど楽しかった」

アリアズナはからかった。

「犬橇は初めてだから、慣れの問題さ」

犬橇の捌きは下手でも、犬は御者の気持を察して、賢く走ってくれた。犬の方が教えてくれた。乗り心地は素晴らしかった。（あんな楽しい思い出はない。夢のようだった）

アリアズナは満足だった。素敵な思い出だった。話はしばらく弾んだ。

（それで、いつ）何ごとにも時があるというのに。

「さ、抱いて」

今度は甘えて、タケ兄さんに抱きつく素振りを見せた。十六歳の初めて出会った頃の乙女に戻っている。心臓も静かで、目が挑むように煌めいている。

「バニヤードナ」

ルパシカ姿のタケ兄さんは、にこりともせずアリアズナを抱きかかえ、ベッドに運び込んで横たえた。

三

「コヴァレフスキー家の娘アリアズナが、どこかの国の軍人さんにお熱をあげて夢中になっている」

どこからか周辺に噂が広がった。父や兄たちも知らないわけはない。が、何もいわずに見守っている。

アリアズナの父は、ロシアの貴族で男爵、海軍少将、海路部長の要職にあった。長兄は海軍士官だし、次兄は海軍士官養成所の学生。

タケ兄さんは、日本大使館付きの武官で海軍少佐、姓はヒロセという。その兄も海軍士官という。お互いに海軍一家だ。

ロシアと日本の関係は、南満州で、真っ向から利害が衝突し緊迫していた。海に向かって南下しようとするロシアと、南下をあくまで阻止しようとする日本の衝突は必至の情勢だった。近く、戦さになりそうという。

だがアリアズナの一家は、この日本の海軍武官を、しばしば自宅の晩餐に呼んで歓待していた。敵味方を超えた付き合いだ。アリアズナは、ヒロセをタケ兄さんと呼んでいる。お互い、個人的に、おおらかな付き合いだ。もちろん、緊迫の国際状況は承知の上だ。

歓待するのは、単に好意だけではない。仮想敵国を自覚しないわけでない。敵情を知るという意図は、お互いにあるだろう。だが、親しみは格別だった。タケ兄さんの人柄だと思う。


ニコライ皇帝は、日本人、ヤポンスキーを東洋の猿と露骨にいって蔑視している。皇太子時代、日本訪問中に傷害事件があった。滋賀県を通行中に、警備の巡査に突然頭を斬り付けられ、かなりの傷を負ったのだ。それもあって、ヤポンスキーを毛嫌いしていた。

だが、アリアズナの一家は、お構いなしだ。この東洋の猿に好意を持っていた。大好きだった。日本人としては体格も大きい方らしいが、猿ではない。礼儀正しい。

偉そうに、ぴんと黒々した髭を生やして、堂々としている。アリアズナの父も、同じような髭をピンと生やしている。これは共通していた。

ロシアの貴族青年たちは、皆、アリアズナにぞっこんだった。特に、ミハイル大尉は、恋をしているらしい。彼は、スマートで、やさしく礼儀正しいが、なぜか好きになれない。

タケ兄さんは、ジュウドウという武道の達人という。かつて、宮殿の晩餐会で、おおぜいの前で技を披露したという。

父が、「ヒロセは日本のコウドウカン、ジュウドウの達人」と紹介した。体力自慢の大男が、

「それでは」

と立ち上がって両手を差し出した。タケ兄さんは、

「ま、お座りください」

と促した。大男が気を緩めて座ろうとした一瞬、襟をとって背負い投げが決まったのだ。もちろん、やわらかく、やさしく投げた。油断させたのは卑怯ではない。それが技なのだ。相手を辱めないように、技をかけた。皆、拍手した。大男は立ち上がり、お見事と、に

こにこ握手を求めた。

タケ兄さんの得意技は、俵投げといって抱きかかえて放り投げる大技という。豪快なのだ。

タケ兄さんは、同時に、優雅な詩人だった。自作だけでなく、アリアズナの大好きなプーシュキンの詩を訳して、色紙という用紙に日本の文字で書いてお土産にくれた。墨の黒々した筆の文字が、ごちゃごちゃと紙面に踊っていた。

プーシュキン作　夜（ノーチ）

四壁沈々の夜
誰か破らん相思の情
嗚咽して独り声を呑む
君を思いて、心まさに熱し

枕上、孤灯の影
憐れむべし、暗くまた明るし
潺《せん》湲《かん》たり前景の水
恰も、わが心訴えて鳴く
恍として君忽ち在るがごとし
秋波一転して清し
花顔、恰も微笑して
わが熱誠に頷けるに似たり
わが身とわが心と
ただひたすら君に向かいて傾く

タケオ訳

ひとことにいうと、タケ兄さんは、野性味があって、東洋の快男子だ。アリアズナの父も、兄たちも、そろってそういう。アリアズナがタケ兄さんに恋心を抱いているのを知っているが、むしろ楽しんでいる風だ。

タケ兄さんからは、ロシア青年たちにない、異質の、けものの熊のような匂いを感じる。異民族ゆえに、かえって惹かれるのだろうか。なぜだろう。見知らぬ文明のようなものに憧れるのだろうか。慕情に理由などない。

タケ兄さんは、自宅にやってくるとき、いつも、瓶詰の日本のオサケを二本、手土産にぶら下げてきた。尤も、タケ兄さんは、オサケは強くない。少し飲むと、顔が赤くなった。父や兄たちはアルコールに強い。ウオッカやオサケが入ると、兄たちと、よく論争していた。大体ロシア人は、ペチカの前での無駄話や議論が大好きだ。

軍艦の名前を比較した。まったく発想が違う。

ロシアの軍艦は、アレキサンダーとか、いかめしい。歴史上の英雄豪傑の名ばかりだ。アレキサンドル三世

スワロフ
ボロジノ
オリョール
オスリャーピア

日本の軍艦の名前は、優雅でやさしい名前だ。
ハルサメ
アサギリ
ユウギリ
ムラサメ
シノノメ
アケボノ
オボロ
カゲロウ

チドリ
カササギ
ハヤブサ
マナヅル

タケ兄さんは、その名の由来を、ひとつひとつ、丁寧に説明してくれた。

「シノノメ、夜明け方になると、東の方が明けに染まる」

「ムラサメ、雨の降り方がはげしかったり、弱くなったりする」


休暇中のタケ兄さんの部屋に、このところ連日訪問客があるらしい。昨日はミハイル海軍大尉がやってきたらしい。

スマートな好青年で「ヒロセ、いずれ戦場で会おう」とミハイルは言った。「その時は砲撃するから、目印をつけておいてくれ」

ロシアと日本の戦争は近い、切迫した国際状況だった。開戦は必至だろう。

「わかった。お互いにそうしよう」

笑って肩を叩きあって、約束して別れたという。

家に集まると、お互い、自国の海軍の自慢話をした。タケ兄さんは普段は寡黙だが、時に話好きだ。

旗艦に戦闘旗が上がると、ロシア海軍は、一斉に動きやすい作業着に着がえる。日本海軍は、一種軍装の外出着で正装するという。正反対だ。どちらが理にかなっているのか、まじめに論争する。正装するのは、死に向きあうときの美学だ。

四

翌年二月、タケ兄さんは、帰国すべくペテルブルグを去り、列車でモスクワに向かった。交際範囲が広がっていたから、駅には大勢が見送りに来た。泣き出す少年がいた。かねてロシアの切手をたくさん集めていたのを、お土産にもらった少年だ。

「サヨナラ」といって、見送るアリアズナの瞳にさすがに大粒の涙が光った。

「ダスビターニア（また、会いましょう）」

タケ兄さんは、何度もいって車窓から乗り出し、手を振って去った。ペテルブルグからモスクワまでは一昼夜、さらにモスクワからイルクーツクへの寝台車は特別豪華車で八昼夜かかる。イルクーツクでは極寒のこの季節、零下二十八度が普通という。ウラル山脈を越えバイカル湖あたりから、橇車でシベリア踏破の旅に出るという。雪と氷のシベリアを三頭立ての馬橇を乗り継ぎ、ウラジオストックまで、数百里の旅で、何十日かかることか。

五

明治三十七年（一九〇四）年初から、ロシアと日本の開戦は、いよいよ近いと思われた。東洋の島国、日本帝国の小型艦船数隻が、ロシア帝国の南満州南端の旅順港外に頻々と出没していると新聞が報じた。攻撃の意図を露わにしている。不穏な動きである。

二月、日本は、国交断絶を通告してきた。宣戦布告だ。応じてニコライ皇帝も国交断絶を通告、東洋の猿の国との開戦を国内外に宣言した。

毎朝、待ちきれぬようにアリアズナは新聞を広げている。日本の陸軍が、朝鮮から北上し、南満州に進軍を始めたという。日本海軍の戦艦六隻を先頭に艦隊が堂々と黄海に姿を見せたという。

一面に大きく戦況が載っている。日本海軍の侮れないことは、タケ兄さんを通じてよく知っている。

遼東半島の旅順港口の封鎖を狙って、日本海軍の水雷艇の港口閉塞隊が夜襲してきた。大型商船を沈没させて港口を封鎖、太平洋艦隊の動きを封じる作戦という。その戦況のニュース記事を読んでいる。指揮しているのは、タケ兄さんではないだろうか。兄さんがやりそうなことだ。

ロシアが攻撃されている。だが敵対心は湧かない。タケ兄さんとのひと時を思い出すだけだ。タケ兄さんは去ったが、思い残すことは、何もない。過ぎ去った青春の相思の情に悔いはない。

【遼東半島に近く、沈没せる閉塞船の船服に、ロシア語で大きく、次の文字を記せる者あり】

【尊敬すべきロシア海軍軍人諸君、余は日本の海軍少佐広瀬武夫なり。すでに二回、ここに来たれり。その第一回は報国丸なり。さらに又何回か来たらん】


数条のサーチライトに照らしだされて、船に砲弾が集中し、炸裂した。その船腹に白いペンキの文字が書かれている。ロシア海軍の旧友への通信文だ。

（タケ兄さんだ）

サムライのように、名乗りを上げて殴り込みをかけて来た。アリアズナは新聞を畳み込んだ。

（帰って来ましたね、やりますね、タケ兄さん）

心で呼びかける。

しばらくして、兄たちから、その詳細を知った。タケ兄さんの名を記した帽子が、激しい戦闘の翌朝の波間に漂っていたという。または、漂う死体が発見されたともいう。

ロシア海軍は、この愛すべき友人の勇敢を称え、戦死を悼み、全員、正装して整列、自軍の戦死者と同様に、軍楽隊の奏楽のもとに礼儀を尽くし丁重に葬ったという。異例の敬意を表した。

（お見事ですね、私の愛したタケ兄さん）

アリアズナは気丈だから瞳に涙はない。哀惜の念のみ強い。

（タケ兄さんは日本の騎士です。私のひそかな誇りです）

称えて呼びかける。再び、あの素敵なルパシカ姿を見ることはない。胸にぽっかり空洞はある。プーシュキンの詩をくちずさむ。

夜（ノーチ）

四壁沈々の夜

誰か破らん相思の情

嗚咽して独り声を呑む
君を思いて、心まさに熱し

タケオ訳

参考図書
『ロシアにおける広瀬武夫　上下』島田謹二　朝日選書

кустовой клевер

庭の千草《ちぐさ》

一

（初恋って、そんなに重い記憶か）ミセス・メアリーは、とまどう。（でも、どうだか）

バンクーバー、パウエル街の改革派プロテスタント教会で邦字新聞の老記者、小野田晋平（五十一歳）の葬儀が行われていた。

哲学者のような厳しい風貌の堅物だった。

「初恋に殉じて、生涯、娶らず、再び日本の土も踏まず」

と、頑なことを友人たちに洩らしていた。

二十二歳のとき、恋をし遂げられなかった。

日本の民法と因習（家を継ぐべき男子と、同じ立場の長女との婚姻は認められない）

に阻まれて、初恋の行く手をさえぎられた。

人の恋路を阻む無粋で変な法律と風習らしいが、メアリーには、到底、理解できない。

小野田は、その悔しさ、無念さに、日本を捨ててカナダに渡った。父の死に際しても帰国することはなかった。

彼は純な心の持ち主と言えるのだろうか、友人たちのいうように、はたして初恋に殉じた生涯といえるのだろうか。


昭和五年（一九三〇）のことである。百五十人の参列者があって、大半は、日系移民だった。近親者はなく、その意味で異郷での孤独死に近い。無類の愛煙家で、死因は喉頭がん。

病気で声を失いかけていたが、見舞いにきた古い友人のメアリーに、たえだえに語った。

「あの人は僕の心臓に、小さなメスでちょっとばかり何かを突き刺したのだ。小さい傷だが、鋭くてね。傷跡は残ったよ。それで、どうにもならない縛りをかけられてしまった。僕の一生は、何だったっけ、初恋の記憶に始まって、その記憶を引きずって、終わるだけ、それだけ」

病床でも、その眼はいつも虚空の一点を凝視している。一途な性格なのだろう。

司式の牧師は、一枚の色あせた写真を会衆に見せた。和服姿の品の良い少女が、伏目がちに、つつましく小さな額に収まっている。

「このお写真は、遺品を整理していて、故人の机の引き出しにあったものです。初恋のお相手だろうということです」

棺の横にそっと置いた。

「日本で白菊の君と例えられた人、五美人の一人、日本のshort-poem、即ち短歌、の名手だった方だそうです。

関西、南河内の名のある旧家のご出身で、古代史の物語の中から、そっと抜けて出てきたような趣のある方だということです。

今も、日本の関西のどこかにご健在かと思いますが、小野田さんと相想の間柄だったが、日本の法律と因習に阻まれて、結ばれなかったと聞いています。彼の、この日の異郷での召天を、もし知れば、どのように悲しまれることか」

襟をきちんと詰めた、髪を豊かに結った、恥じらいがちの品の良い少女である。写真の少女の頬に、露のような雫が、一つ、二つ、零れ落ちたかに、確かに見えた。

友人の一人がハーモニカで「庭の千草」の歌曲を吹奏した。

……ああ白菊、一人遅れて咲きにけり……

参列者の群れから、密やかに嗚咽が洩れた。老女、ミセス・メアリーの頬に涙が溢れた。

(初恋の記憶なんて、誰にだってある。私だってある。でもそれはそれ、亡霊に過ぎないと思うのに、記憶を引きずって重みを背負って一生を埋没させたという、どこかが狂った、お馬鹿さん)

ついで司式者は、B6判の新しい一冊の本を高く差し上げて会衆一同に示した。

「これは、小野田氏が『魔の館』というルポを十数年にかけて新聞に連載し、大評判になっていたのは、皆さんもよくご存知と思います。そのライフワークを纏め、先年、邦字新聞社から刊行されました」

「魔の館」は、日系人の経営する私娼窟が舞台だ。日本人娼婦が、白人や、チャイニーズを相手に商売する内容である。丹念に資料を集め、現場を歩いた。かかる醜業は、この地から一掃すべしと、彼らしい正義派の硬骨なキャンペーンを張った。

表紙をめくった。

表紙裏の口絵に、華やかな少女のデッサンが描かれている。鼻筋の通った、眼の大きな素敵な美人だ。顎を大胆にぐいと上げ、天を仰ぐ洋装の謎めいた少女だ。ハーフのようにも見えた。髪が大きく豊かにカールされている。デッサンは小野田の自筆とあった。

単なる口絵だろうか。が、メアリーは、この少女は、実は小野田の秘めた相方だろうと想像している。

司式者は、これも棺の傍にそっと、置いた。

異なった環境の少女二人、恵まれたらしい良家の少女と、同じ年頃の反対の娼婦の少女が、色あせた写真と一冊の本の口絵のデッサンに変身して、棺の傍に並べて置かれている。

「一緒に納めてあげてくだされば」

誰かの声で、色あせた写真の和服の少女と、デッサンの洋装の少女は、小野田の胸の、組み手に重ねられた。

さらに白菊の小さな花束が、次々に投げ入れられた。

初恋の記憶に殉じたという少年のような純な心と、私娼窟の怪しげな夜の花の咲く世界をさすらう中年男と、二つの側面を持ち合わせた男だった。

小野田記者は、ルポに書いた。

「大都市の裏町に咲く怪しげな夜の花などと、とんでもない話だ。花などとロマンチックな美しいものにあらず。そこにあるのは、ただの雑草、毒の草に過ぎぬ」

娼館の経営者や娼婦や、ピンプ（ひも）など一連の群像を、筆鋒鋭く切り捨て、容赦しなかった。

「あの彼が」と思う者、「彼ならでは」という者、この落差の大きさは何なのか。

常に雨傘を持ち歩くイギリス風の紳士で、葉巻を咥《くわ》えていた。

間もなくの死を予感していたようだ。病床にあって、見舞いに来た、古い仲良しのメアリーに、いった。

「ねえ、メアリー、向こうの世界って、どんな風景だろうね。死ぬってことは、生まれる前の状態に戻るだけ、ということだろうかね」

「さあね」

「生まれる前のこと、メアリー、あんた怖かったかい」

メアリーは、思わず噴きだしてしまう。

「覚えているわけないでしょ」

「死ぬってことは、記憶がゼロになるってことだね。でも、死んでも、記憶は何処かに引き継がれて残る。消えないと僕には思えるのだ。風に吹っ飛ばされそうな、ごみのような記憶だろうけど、決してゼロにはならないと思うのだ。願いといってもよいのだが、風のように去っていったり、帰ってきたり、雲や霧のように、吹き千切れたり、また個体に戻ったり、形は変化しても記憶は存在し続ける。と、僕は、そう信じているのだ、人の心も、自分はそうだと思っている」

「心って、何なの」

「心は、きっと、心臓の、すぐ下の辺りにあるのだ。僕はそれを感じている。彼女に突いて砕かれたのは、そこだ」小野田はため息をついた。

「好きになるって気持は、刻み込まれてしまうと、もう取り消すことも、拭い去ることも、逃げることも、できないのだね、どうにもならないのだね」

ぽつりとつぶやいた。

「僕は、毒針に刺されたのだろう。甘美なものではない。逃げ出したいのだが、どうにも逃れられない。あるのは、苦しさだ」

胸の下部、みぞおちの辺りを、右手でそっと押さえた。

「古い記憶から逃れられない。でも心は二つあるのだね。忘れようという心と、忘れさせない心と」

間もなく、小野田は声を失った。

（この人は、きっと重症らしい。肉体も心も）

メアリーは、ため息を洩らす。

涙を押さえながら、メアリーは、初恋という、得体の知れない亡霊の記憶に殉じたという、哲学者のような厳しい顔付きの、お馬鹿さん、小野田晋平と出会いの過ぎし日を、思い浮かべている。あれから、もう十五年も経ってしまった。

二

十五年前、大正十年（一九二一）。

第一次世界大戦後の不況が世界を暗く覆っていた。

三十代半ばの掃除婦のミセス・メアリーは、朝からモップで、パウエル街の邦字新聞社のビルの廊下の床を磨いていた。片隅に、マーガレットの小さな花束を、紙に包んで置いていた。自宅の小さな庭でつぼみが開きかけていたものだ。

かすかなヴァイオリンの調べが、どこかのドアの隙間から洩れて、廊下を伝ってメアリーに届いてきた。

メアリーの馴れ親しんだアイルランド民謡だ。彼女は、アイルランドからの移民である。

世界は不況でも、カナダは鉱山採掘と、森林伐採の活況で、各国から移民が押し寄せていた。

メアリーは、つい、つられて小さくハミングしてしまう。

（The Last rose of summer）（夏の名残のバラ）

調べは、２０１号室の住人、小野田晋平の部屋からだろう。

（でも、この調べは、彼の国では、別の歌詞に変身している）

……庭の千草も虫の音も、枯れて寂しくなりにけり、ああ、白菊、ああ白菊、ひとり遅れて……

メアリーの愛している調べを、小野田もまた、愛している。二人は、その点は、共有していた。

小野田も三十五、六歳の頃のことだ。

メアリーと二人は、パウエル街にあるプロテスタント教会に属している。日系人が多い教会だ。

彼女は離婚歴があるが、子供はなく気軽な独り身、小野田は、「生涯、独身を通す」と、宣言している偏屈者、気軽さから、彼女は、小野田に親愛感を持っていて、つい、何くれ構いたくなる、おせっかいな性分だ。今朝も花束を届けるつもりである。

パウエル街近辺は、リトル・トウキョウとも呼ばれていた。

清潔で美しいこの都市だが、近隣のチャイナタウンや、この近辺の道端は、多少、ごみごみしている。

商店、飲食店、酒場などが多い。急増する日系人の勢いにたまりかねて、仕事を奪われた白人労働者が押し寄せて、商店に石を投げ、ガラス窓を、次々と破壊した大騒ぎの襲撃事件があった。

三

モップと、マーガレットの花束を手に、小野田の部屋の前に立った。ノックする。

「お部屋をお掃除しましょうか」

調べが止まり、内側から曇った声がした。

「ありがとう、メアリーさん。でもいいよ、自分でするから」

返事は、いつもこれだ。わかっていても、一応は声をかける。咳払いが聞こえた。小野田は、上質の薫りの良い葉巻を、口に咥えて仕事している。

小野田は、日露戦争の直前に日本を捨ててこの地に来て、十数年になる。「再び日本の土を踏まぬ」と、友人達に公言していた。

ちょっと陰気臭く、孤高の人に見えるが、人懐っこい一面を持っている。にっこりすると、引き込まれる。

端正な顔立ちで、何か寂しげな雰囲気を醸し出している。

小野田は、潔癖症で、自分の部屋に人を入れない。友人も入れない。まして、女性は入れない。しかし、

「お花を持ってきましたよ」

そういうときだけ、ドアは、自動的に開く。

メアリーは、今日も、その手を使った。

「可愛いマーガレットが、うちの庭に咲いていましたから、花瓶に入れ替えましょう」

「いつも、ありがとう」

部屋の中に入った途端に、葉巻の強い薫りが鼻をついた。いやなうすい煙が漂っている。

この人は、こんな変な部屋に終日閉じこもっている。ヴァイオリンの演奏が再開された。

透明なカットグラスの花瓶の花を、蕾の多いマーガレットに差し替えた。


花瓶の横に、上品で可愛い日本の少女が、古びた小さな写真となって額縁の中に行儀よく収まっていた。襟をきちんと詰めたキモノ姿だ。

少し下膨れ、つつしみ深くうつむき加減、髪は大きく豊かに結ってある。

「この少女が、小野田の初恋のお相手」

一目で、良家の子女とわかる。

メアリーは、ため息を落とした。

この写真は、いつもは小野田の引き出しにあるようだ。ときどき、机の上に飾ってある。忘れ得ない人なのだ。


誰だって初恋の記憶はある、自分だってある。ハイスクールの頃だ。でも、引きずったりしない。軽やかな記憶だ。重く感じないし、耐えて苦しんだりしない。でも、この人は、引きずって、耐えて苦しんでいる。トラウマにしては駄目なのに。毒に浸ってしまっては苦しいだけなのに。

メアリーは、息を詰めて、写真の少女を見つめる。

すると、少女の唇が、確かに少し動いた。天空から、小さな唇が、雫となって落ちてきた。

「私を探して」

四

メアリーは、色あせた写真の少女を意識しながら、花瓶の花を取り替えた。

背中から声が聞こえた。

「そうだ。メアリーさん。明日から、俺、当分、取材で留守にするから、花は、帰るまで持つだろうか」

小野田は、「魔の館」という娼館のルポの連載を始めていた。なかなかの評判だった。日系人の娼婦の実態を、激しく非難する論調のペンで、克明にルポしていた。

２０１号室は、彼の居間であるが、新聞社の看板記者の執務室であり、寝室でもあった。清潔に保たれていた。

「一週間ぐらい」

「いや、そうだな、二ヶ月くらいか、今度は、思い切って長く逗留する予定」

「どの方面へ」

「それは聞かないでくれ」

（娼館を訪ねる旅だろう。旅は、最良の心の癒しになる、しかし、娼館となると話は別だ）

メアリーは、真実そう思う。

カナダ全土の各都市に、日系人の経営する娼館があった。バンクーバーにも幾つもある。それぞれの館では、日本の女を何人も抱えて商売していた。みな、日本から商品として輸出されてきた。当局の取締りの目を潜りながら、この地の輸入業者は、顔や、体つきを見る。

「700ドルだ」と、売り手が声を上げげた。

すると、引き取り手は、

「その商品なら、600ドルでも高いくらいだ」

結局、商品を650ドルで引き取って、750ドルで転売した。一人が500ドルから1000ドルが相場で、1000ドル箱といった。1ドル2円に換算して、一人分で、日本では家が一軒か二軒建つ。

皆、きまって貧しい農村の娘か、漁師の娘だった。

静岡、伊豆、滋賀などの出身者が多い。

「花瓶にお水はたっぷり入れておきましたけれど」

「ありがとう、メアリーさん」

どの方面に旅するのだろう。少しばかり気になる。遠く、カナダの中央部まで大陸横断鉄道で足を延ばすのだろうか、それともお気に入りの近場の小都市のクランブルックか、ネルソンだろうか。

人口一万程度のネルソンは、銅の鉱山町で、白人労働者が多い、日系人の経営するピンクカーテンが二軒あるらしい。

その一つに、小野田のお気に入りの相方の女がいると、メアリーは睨んでいた。

（どうぞ、存分に楽しんでいらっしゃい。堅物のシンペイさん）

五

人口一万ほどの小さな田舎町だ。鉱山の山並みが、町の背景になっている。

凍りつくようなネルソンの商店街の裏通り、ガス灯も夜霧に遠く霞んでいる。

人通りが減って、赤レンガの二階建て、とあるレストランの中年の日系人の店主の男は、
何かを包み隠しているようなピンクのカーテンをそのままに、店じまいにかかっていた。

雨傘をステッキのように持った、中折れ帽の嫖客が、レストランに入ってきた。

「もう、店じまいのようだね」

顔を見るなり、店主は、

「おや、ノダだね、ご機嫌だね。ひさしぶりじゃないか」

ノダと呼ばれた男は、

「いいのかい」

店主は、

「いいなんてものじゃないよ、しばらく見なかったじゃないか。来てくれて嬉しいよ、さ、さ、お入り」

ここでは、本名など名乗る者はない。小野田は、ノダで通っている。

「日本のお蕎麦を食べさせてくれるかい」

「ＯＫ」

気軽に、支度に取り掛かった。

「泊ってくれるのだろうね」

「ああ、そうさせてもらうよ、尤も、宿は別に取ってあるが」

「じゃ、すぐ二階に上がりなよ」

二階に顔を向けて、声を上げた。

「お客さんだ。Ｓのパーラーにご案内して」

振り向いて。

「蕎麦があがれば、持って行くから」

表向きレストランを装っているが、日本人の経営する娼館だった。客は、白人労働者や、チャイニーズが主で、日本人はタブーだった。日本人と見れば、別室に逃げ込む。つい、気安さから一緒に逃げたりすることがあった。日本人はトラブルメーカーだ。ごめんだ。

尤も、ノダは別だ。

「お松さんが待っているよ」

ピンプの、若い白人男が声を上げげた。

ショートタイム２ドル、オールナイト10ドル、見るだけ15セント、おさわり30セントである。

白人労働者の、一日の日当が、１ドル50セントだった。

二階に、個室が七、八部屋ある。ほかにパーラーがいくつかあって、商品の女たちが屯《たむろ》していた。

女たちの嬌声が聞こえた。

お松さんは、所在なさそうに、ひとり離れてピーナッツをポリポリかじっていた。扁平で鼻の低い他の女と違って、お松さんは、鼻筋が通っていて、素敵な美人だ。

「お松さん、ミスター・ノダだよ」

ピンプが呼びに来た。お松さんは、ピーナッツをかじるのをやめた。

「ＯＫ」

お松さんはノダの職業を知らない。ノダというのは、仮名だろうと思っている。

お互い、あまり身の上やら何やらを詮索しないのが、この世界の常識だ。もし、身の上などを聞いても、どうせ嘘の話しかしない。

ノダは、何やら物書きらしいとは、漠然とわかっていた。時々、何気ない様子で、人の噂を詮索するように聞こうとする悪い癖がある。そっとメモしていたりする。

上客だが、その点だけが不愉快だった。

ノダは、いつも、ウイスキーを少々含んでやってくる。あまり飲めないが、そうしないと、娼館の入り口を潜れないようだった。その点、シャイだ。傘をステッキ代わりに、ダークブラウンの中折れ帽子、葉巻、これが、ノダのトレードマーク。しかし、ここに来るときは、帽子を阿弥陀に、だらしなく被ってくる。わざとらしい。

お松さんは、十六歳のとき、伊豆からここに、商品として売られてきて二年余になる。漁師の娘だが、珍しく日本人離れのした、鼻筋の通った顔つきで、英語は、片言ぐらいは話せるようになっている。

「三年、飲食店のようなところで働けば、日本で家が一軒建つくらいの金が稼げる」と騙されてきた。騙されたとわかったが、いまさら逃げる気はしなかった。逃げたとて、言葉が通じない、逃げる場所もない。

「町に、買い物に出たい」

といえば、

「いいよ、行っておいで、早く帰ってくるのだよ」

拘束などない、ピンプは、女たちが、逃げないとわかっているから、自由に外出させてくれた。プロテスタントの教会が近くにあって、サンデーは、身だしなみを整えて、朝から町の教会に行く者が多い。彼女たちは、こぞって洗礼を受けた。サンデーは、心を洗う日だ。


日本に帰る船賃は50ドルぐらいだ。

お金は少々貯まってきていて、日本に帰る旅費の蓄えぐらいはあるが、日本に帰ろうとは思わない。今の生活に、それなりに馴染んできた。

ノダの、堅い靴音が、板張りを踏んで二階に上がってきた。お松さんは、かじっていたピーナッツを急いで呑み込むと、口をがらがらゆすいだ。

「ウエルカム」

「やあ」

わざとらしく、だらしなく被っていたダークブラウンのハットとグレイのスーツを預かった。ノダは、パーラーの安物のへこんだソファーに沈み込んだ。

バーボンウイスキーの匂いが、ぷんときた。

「泊ってくれるのだろうね」

「そうするよ」

「ＯＫ」

ノダは、しっこくないから、お松さんにとって、上客だった。

白人は、「キモノガール」と珍しがって、しっこい。チャイニーズもそうだ。洋装よりキモノの方が客はつくが、お松さんは、いつも洋装だった。その方が似合った。お松さんは、青白く、きらきら光るドレスに、安物のパールのネックレス、白いすずらんのししゅうの襟だった。

ノダは、淡白でいつもは、楽だった。ときに、何もしないまま、朝まで眠り込んでしまっている。商売だから、お松さん自身が、いっちゃうことはないが、たまにその気になろうとしたら、背中を向けている。

（おい、今夜くらい起きていてよ。うちがその気になっているのに、そのときに限って、お馬鹿さん）

（物書きだろうけど、つまらないこと書くと承知しないよ）

「大きな仕事があってね、この町に二ヶ月ほどいる予定だ」

「だったら、何回も来てくれそうだね」

「多分、そうする」

「きっとですよ」

「ああ、きっと」

「じゃ、指切り約束」

「ああ、指切り」

お松さんは、ベッドで、手馴れたしぐさで、ノダを自分の中に導き入れようとした。

しかし、ノダは、疲れているのか、むごいことに眠ってしまった。

お松さんは、歯がゆい。

(ミスター・ノダは、いつも上の空、心は、虚空をさまよっている。何を考えていることか)

翌朝、仲間の女たちが起きてきて、がらがら口を嗽《すす》ぎ、歯ブラシを銜えながらの話し声が聞えてきた。

「夕べ、チャイニーズにおごらせた、フヨウタン（芙蓉蟹）は美味しかったよね」

すっぴんで、はれぼったい顔で、声高に話している。

「今度は、何をおごらせてやろうかしらね、久しぶりにパーパオツァイ（八宝菜）を食べたいね」

六

色あせた小さな写真に、恥じらいがちに収まっている和服の少女は、南河内の出身だった。

金剛連山の麓は、朝は霧が深い。

杉山家は大きな屋敷を構える、この地方一帯に知られた富裕な豪家だった。

里謡が謳われた。

富田林《とんだばやし》のさか屋の井戸は
底に黄金の水が湧く
一に杉山、二にXX、三にXX金が鳴る

大地主で、正月など大勢の小作人が、年賀として、年に一度は家を訪れることを習慣としていた。酒が惜しげもなく振る舞われた。

別の棟では、何十人の使用人が、酒造りに、常に働いていた。近隣の人々は、皆、この一家を、一日でもよいから代わってみたいものだ、と羨んだ。

だが杉山家は代々女系で、養子縁組が続き、そのつど、当主を嘆かせた。

この世代も、最初に女子が誕生した。長女は、飛び抜けて、美しい利発な子に思えた。孝《たか》と名付けられた。この子が、男子であったら、と、父は嘆いた。ついで、次女が誕生した。

富田林の酒やの娘、大和河内にない器量
椿よいのはお庭のかざり
娘よいのはお家のかざり

当主は教養人で、書斎には、大きな書架があって、書物が一杯積み重ねられていた。庭は南欧風の趣味の良い大理石に縁取られた泉水があり、手入れの行き届いた芝生と、花壇があった。模様入りの白い陶器の鉢には、当時としては珍しいフリージヤや、外国産の種子を交え、季節ともなると色々の花が、手入れ良く美しく咲いた。しかし、また、養子縁組の相手を探さねばならぬと、これが悩みである。

長女の孝は、短歌に興味を持ち、成人して十八歳のとき、家庭教師のS女史にともなわれて上京した。

「明星」という短歌誌の東京例会で、リベラルな学風の高商の丸い、よれよれ帽子をかぶった青年と出会った。

その時、孝は、紫のリンスの長袖の羽織の上に、通常着を重ね、殿居袋に手回り品を入れて、古代紫の被布を羽織って、手軽な感じで出席した。

例会の席の主幹は、隣の男に、

「古代の物語から、抜け出てきたような人だね」とささやいた。

「そうさね、風情がある」

その隣の女性が受けた。

「古代紫の被布のせいかもよ」


高商の帽子の青年の名は、小野田晋平。実家は東京、紀尾井坂にあり、旗本の系譜で、父は海軍の教官だったが、宿屋を経営していた。

二人の仲を取り持ったのは、小野田の遠縁のS女史で、杉山孝の家庭教師をしていた。

二人は交友を重ね、小野田は、招かれて南河内の杉山家の家に数泊して、金剛連山の麓の、小石川という千鳥の名所の河原や、林野を散策した。

小石川には、粗末な板張りの小さな橋がかかっていた。

二人は、何度か、その小さい板の橋を渡った。愛着があって、勝手に、小板橋と名づけていた。

ぶなの林の中に分け入って、野鹿を追ったことがあった。かねて用意の矢で射た。追われた大鹿が、彼らを赤い眼で睨みつけて逃げ去った。

そのとき一瞬、立ち止まり、彼らを睨みつけた大鹿の赤く濁った眼が、孝の心を凍らせた。生涯、恐怖と悔いの念に苛《さいな》まれた。

孝もまた、上京の折は、S女史に伴われて、小野田の紀尾井坂の宿に宿泊する。

しかし、家を継ぐべき旧家の女子と、同じく家を継ぐべき男子との婚姻は、民法と、堅い因習に阻まれていて、周囲も親も許さなかった。二人の行く道を遮った。

仲立ちの家庭教師のＳ女史を通じて、少女の父から、

「事情はいちいち説明せずともご理解のことと思います。今後は、娘との交際はご辞退申し上げます。文通もなさらないように」

と、一方的に交際を拒否された。以来、直接の会話も音信もできない。日本の旧来の因習が、自分たちを拒否したと感じた。

小野田は、憤然と、よれよれの一ツ橋の帽子を投げ捨て、Ｓ女史に、別れを告げた。

「この国を見限った。自分は、この国を捨てる。再び土を踏みません」

横浜から出港して、カナダに向かい、父の死にも帰国しなかった。

ただ、波濤を越えて、「明星」誌上を通じての、互いの作品は読んでいて、ほのかな情は伝わってくる。

恋のボルテージは、引き裂かれた障壁の高さに比例して高まるらしい。二人は、その障壁を越えられない。

日露戦争の直前である、白菊の君、杉山孝は、無政府主義者との交友があり、さらに反戦歌と見なされそうな短歌を、時々、「明星」の誌上に発表していた。

……みいくさに、こよい誰が死ぬさびしみと
　髪ふく風の行方見まもる……

その土地の警察署長は、愚痴っている。
「杉山家の、お嬢さんには困ったものだ。あの家の人でなかったら、ひっとらえてやるところだが」
署長は、折にふれて杉山家に招かれて、ご馳走にあずかっていた。

戦争が始まった。大阪第四師団の中でも市中駐屯の八連隊の兵隊は、戦功もあり、決して弱くなかったが、なぜか「また負けたか、八連隊」という小唄が囃《はや》され、子供たちまで、面白おかしく口ずさんで路地を走った。

七

バンクーバー、パウエル街で、小野田晋平が亡くなって三十年経った。

昭和三十四年（一九五九）のある日、南河内の杉山家の老女は、広い座敷の縁で、昼間の陽だまりの中で、取り入れた洗濯物を、ひとりで丁寧に折りたたんでいた。

突然、声もなく、静かに前に倒れ込んだ。八十歳だった。

「きれいなおばあ様」と、成人していた孫の姉妹はささやきあった。

遺品を整理していた姉妹は、老女の文机の引き出しから、二通の真新しい、英文の宛名の封書を見つけた。差出人の名は、おばあ様、その人である。

宛先は、カナダ、バンクーバー、パウエル街と番地まで、きれいな英文で書かれている。

「宛名が書かれていない」

「これって、誰に出すつもりなの」

「さあ、なぞの人物」

姉妹は、不思議そうに顔を見合わせた。

「封筒もインクも新しいわよ」

「幽霊だ、きっと」

「亡霊かもね」

「亡霊よ、きっと」

「おばあ様のボーイフレンドだ」

「まさか」

「その、まさか」

「いつか聞いたことがある。カナダのバンクーバーに、初恋の君がいたのだ、そのラブレターよ」

「初恋の君」

「小板橋の詩の君」

「まさか」

「まさか」

顔を見合わせる。

「毎年、封書の宛名だけ新しく書き換えていたのだ、何十年も、きっとそうよ、インクが新しいもの」

姉妹は、息を呑んだ。

「詩歌に謳いあげられた、あの初恋の君に届けようと、毎年、新しく書き換えていたのだ。きっと、だからインクが新しいのね」

おばあ様に似て、美しい姉妹は、語り合った。

「忘れられぬ想いを届けようと、手紙を出そうと。封書を書かずにはおれなかったのだろう。でも、実行できなかった。真似ごとだけで終わったのだ」

ぞっと、鬼気を感じた。

杉山孝は、短歌の名手だったが、詩は、生涯に絶唱の一編のみである。

『小板橋』

ゆきずりのわが小板橋
しらしらとひと枝のうばら
いづれより流れか寄りし。
君まつと踏みし夕べに
いひしらず沁みて匂ひき。

今はとて思ひ痛みて
君が名も夢も捨てむと
なげきつつ夕べわたれば
あゝうばら、後もとどめず、
小板橋ひとりゆらめく。

石上《いそのかみ》露子　本名・杉山孝

小板橋は、彼女の実家の近くの散策の道すがらの小橋のことである。小石川の河原は千鳥の名所として知られていた。近くに、小さな板張りの、名もない小橋があった。孝は、乳母と、その橋の近辺を散歩した。小野田晋平と、二人で何度か渡った。彼が、日本を捨てるといった時の、別離の絶唱である。

われに世を終るまで、忘れがたき一人の君あり

石上露子こと、杉山孝の真新しい白い封筒の謎は、次第に解けてゆく。

歌も身も君をも捨てし日の後の
弱きおみなの、衰えを見よ

おほらかに君を思ひて死なん日は
うれしかるべし、かなしかるべし

三十年前に、既に、思い人がこの世に存在しないのを知ってか知らずか、知ろうとは思わなかったのか。

「バンクーバーのパウエル街という町に、おばあ様の初恋の方が、きっと、いらっしゃったのだ」

「今でも、いらっしゃるのか、どうか」

姉妹はいぶかった。

「ご健在かどうかは、おばあ様には関係ないのでしょう。おばあ様の記憶は、白菊の君と言われていた頃の、十八歳の少女のまま、お相手も、一ツ橋の高商の帽子の二十歳の青年のまま、見えぬ世界で音信《おとずれ》しようとしていたのね、切なる想いを届けようと」

孫の美しい姉の方が続ける。

「詩や、短歌にその想いを重ねながら、初恋は、そんなに重い記憶なのかしら」

姉は続ける。

「あたりの壁が静まった夜、おばあ様は、相想の情を、ひとり、温めていたのだ」

しかし、妹は、ぽつりとつぶやく。

「さあ、どうだか」

(二人を結ぶ直線はどこにあるの?)

参考図書
『石上露子集』　松村緑編　中公文庫
『管野スガと石上露子』　大谷渡　東方出版
『長田正平　その生涯と作品』　碓田のぼる　光陽出版社
『カナダ遊妓楼に降る雪は』　工藤美代子　集英社文庫

небольшая крепость

小さな砦

一

平成二年（一九九〇）初秋。

月曜は、朝から会議である。一週間の海外出張を終え、週明けの出社だった。会社の構内に入り車から降りた社長の藤《ふじ》は、社屋に向き合って、わが目を疑い、思わず呻《うめ》いた。

（これは俺の会社ではない。誰かの会社だ）

大阪市西淀川区の工場地帯である。一帯は、数年来のそれなりの好景気で、それなりの活気があった。

だが、藤の会社の七階建ての本社ビルの外壁だけが、淡い蛍光に不気味に輝いて浮いて見えた。出張する前は、古ぼけていても、優しく灰色にくすんでいたのに。

隣接の本社工場の幾つかの棟も、蛍光色に浮いて薄気味悪く輝いている。古ぼけて、くすんだ、あの優しい工場棟群は、どこに消えたのか。幻影だろうか。

(内に異変のある知らせ、良くない知らせ)

藤は、気持を引き締めた。

先週、藤は上海の企業を訪問していた。

これまで欧米や露に、しばしば出向いていたが、しかし海一つ隔てた、この近くて遠い国は初めて。文化もまた、近くて遠い。

しかし、商売となれば話は別だ。いずこも同じと割り切っている。出張の目的は、中国市場へ進出の足がかりとして、上海現地企業との合弁会社設立の打ち合わせだった。ほかに香港や深圳周辺も立ち寄った。

同行したのは、隼《はやぶさ》という四十歳代半ばの営業担当役員と通訳の年配の女性だけ。

隼は力のある俊敏な男だ。だが、目先が利きすぎる危うさを感じさせた。これまで国内の新規顧客の開拓に、次々と成功していた。しかし、会社のためというより、自分のために働いている、と思わせる漠然とした危うさを感じていた。

尤も、誰しもそうかもしれない、自分のために働く、問題は、自分の利益と、会社の利益が合致しているかどうかということだろう。そうでないと危うい。

(俺だって自分のため、家族を守るために働いている。だが会社の利益と、常に一致しているつもりだ)

出張の間、本社とは、鏑木《かぶらぎ》専務と電話連絡を取り合っていた。鏑木は生え抜きで実直な技術屋、藤の指示を忠実に守る。

会社は『砦《とりで》』と藤は、常々社員に語っている。戦国に例えるなら、一族一統の存亡がかかっている。心を一つにして守らねば誰かに奪われる。つねに誰かが隙を狙っている。または自滅する。砦の本分は守ること。

しかし、そういいながら、藤は、生来の気性で、攻めの経営者だった。アイデアを次々打ち出し、精力的に飛び歩き、外に討って出た。ために内部固めを疎《おろそ》かにする危うさを周囲は感じている。

今度の出張では、手ごたえを感じた。やや閉塞感が見え隠れしていた砦の霧は、これで一気に吹き払われるだろう。

藤は、「この市場は無限の大海」と、満足げに隼に語った。隼も藤の顔を覗くように、「やりまひょ、がんばりまっせ」と、それなりに気負いこんで見せた。

本社のドアは開け放たれていた。廊下を歩くと青白く深海に潜ったようだ。灰色で、くすんで優しかったのに。

藤は、又、呻いた。

(何故だ。俺の会社でない、誰の会社だ)

フロントで、若い小柄な女性が、

「おはようございます。何も変わったことはございません。すべて順調ですから」

にこやかに挨拶した。眉の線の整った美しい女だ。ユニホームでなく、か細い体を青い縞模様の清楚な私服で包んでいる。

どこかで、出会ったように思えた。どこだったたか、突然、衝撃を受けた。

「竜子《りゅうこ》、お前は竜子ではないか。どうして、今、ここに」

危うく声を上げげそうになった。遠く三十年前、藤の前から不意に姿を消した、元恋人だ。

その当時の容姿のそのままで、にこやかに笑みを浮かべて、藤を迎えた。

藤は記憶の残骸を急いで手繰り寄せた。

（あの日、俺の前から失踪した。三月ほど同棲していたのに）

何故、姿を消したのか謎のままだ。その後、遠い土地で結婚したらしいと噂で聞いたことはある。以来、全く消息を聞かない。

その竜子が今、フロントの目の前にいる。元恋人よ。

いや、瓜二つという人間は、この世に存在するという。そら似だ。

会社は、外観はおろか中身まで、わずかな間に変身している。

廊下の向こうから、若い社員の何人かが連れ立ってやってきた。

礼儀正しく、頭をちょっと下げ、すれ違って過ぎようとした。その一人に、特に見覚えがある。

面長で、背の高い東南アジアからの研修生だ。

「おや、ムタファーラ君」

「おはようございます。変な噂を耳にします。権力争いは、つまらないからやめてください」

たどたどしい日本語である。

「なに、権力争いだって」

「はい」

「まさか、何かあったのか」

「その、まさかです」

「冗談だろ、権力争いなど、わが社に限って存在しない」

「なら、いいですが、争いは、つまらないだけですから、では」

好ましいイスラム教徒と数人の日本の若者は、足早に去った。昨今、入社した新人類たち。

現実と、記憶の残骸が交錯している。

（やはり疲れが残っている。俺は攻めの経営者だからな。猪武者だから、振り返らず前に突き進んだから、そのしっぺ返しがやってきたのか。休養が必要かな。週末は、ゆっくりゴルフだ）

しかし、藤はまだ五十七歳、働き盛りである。これから先の十年が人生の勝負どころ、と信じている。まだこれから未来がある。

経営は、守りではない。やはり攻めだ。『砦』から討って出る。これが信条だった。守りだけでは砦は保てない。攻めは最大の守りと信じている。

わずかな期間の出張から帰ってみると、すべてが変身して異様に見えた。

そういえば、今朝、自宅を出るときから、いつもと違っていた。

二

その朝、自宅のリビングで、野菜スープを啜りながら、藤はN経済紙を広げていた。アメリカの著名な経済ジャーナリストのD氏が、日本経済の現況について寄稿している。

『好調に見えて好調でない。むしろ危機の始まりだ。異常な金融政策によるバブルというべき異様な現象だ。幻惑されてはいけない。シャボン玉は、すぐはじけて消えてなくなる。つまり幻想の景気だ』

「シャボン玉か」と、藤は、つぶやいた。日本がシャボン玉に包まれたのは、何年か前のプラザ合意の為替調整の合併症で、日本が割りを食ったと思えてならない。

不動産やゴルフ場会員権などが、倍々ゲームのように値を上げた。つれて株価も上昇していた。一般消費者の物価はそれほど変わらないが、高額商品が売れに売れて、夜の歓楽街が大いに賑わい、札束が乱れ飛び、何か国内が浮き足立っている。

藤は、三年前、市中から遠い、箕面方面に土地を求めて家を建てていたが、すでに土地相場は、二倍、三倍に跳ね上がっているという。

二、三十年前の高度成長期と、今のバブルは似て非なるものだが、似ていると藤は思った。創業家の現在相談役の鱒《ます》爺さんが、しくじったのは、あの時だ。

失敗を繰り返してはいけない。

ついで、下に折り重なっている業界紙Rに目を移した。小さい囲み記事の見出しに目を奪われた。

『X社は、またも失望決算か』

X社とは、俺の会社のことだ。

（失望決算とはなんだ。またも、とは失礼な）

「あの記者が書いたのだな」

中年の、よれよれネクタイの、しけた取材記者の顔が目に浮かんだ。ハンカチで顔を拭きながら訪問してくる記者だ。

最近、会社の株価のチャートは、下げに転じているが、この記事で、さらに一段の下げが予想される。

（うんざりだな）

来春、到来する株主総会での、容赦のない追及が予想された。

株主総会といっても集うのは、いつも百三十人そこその少人数だが、小うるさい馴染みの株主のだみ声が飛ぶ。

「藤社長さん、失望決算、失望株価、がっかりですわ。そろそろ誰かに道をゆずられたらどうですか、人材が育っているはずですやろ」

嫌みたっぷりに、ねちっこく演説するだろう。わずかな持ち株なのに。

今期の見通しは、そんなに悪くはないと藤は信じている。

これからが勝負だ。好材料はいっぱいある。失望決算にはならない。さらに今度の中国進出だ。これで大きく展望が開けてくる。

社内の誰かがリークしたのだろうか、誰が、この悪意ある嘘をばら撒いたのか。スパイがいるのか。ちらと、鱒相談役の顔が浮かんで消えた。あの創業家の爺さん、正直者を自称しているが底意地悪い策士らしい。閑《ひま》を持て余して何かを企んでいなければ良いが。会社を傍から掻き回さないでくれ。

会社の経営数字が、このところ変調の兆しを見せているのは事実だった。右肩上がりだった売り上げと利益のグラフが、微妙に揺れ始め、鈍化し始めたのが気になっている。前期は、減収、減益だった。

(順調ではない。これは市場からの良くない知らせ)

藤は、ある程度、深刻に受け止めている。

会社は、ゲーム機などの製造販売を、小さな町工場として、戦前から、ほそぼそと続けていた。

ある頃から、にわかに繁忙となった。突然のブームが到来したのだ。何かが爆発したように。

受注に生産が追いつかなくなり、勢いに応じて、工場の新設など、身丈にそぐわぬ設備増強を続けた。

従業員を大幅に増やし、過酷な残業徹夜を続けても、追いつかない。ユーザーの要望が追いかけてきた。利益は自然に膨れた。

その頃、高度成長期は、今と違って実体経済の成長を伴っていたが、今と同じように、土地の高騰は限りなく続くという神話が語られた。メインバンクの支店長はもとより、取引のない銀行の支店長が、日参して、取引を迫り、いくらでも融資するという。藤が三十歳代の頃だ。

「今、不要でも、工場敷地をとりあえず取得しておきなさい。値上がりは間違いなし。資金はこちらで用意します。場合によっては転売しても損はない」

と、具体的な候補地の絵図面や詳細を大きな黒鞄から取り出して、何枚も見せ、不動産資産価値は、限りなく上昇すると神話をささやいた。

「今が、チャンスでっせ」

創業家出身の元社長の鱒は、そのささやきに乗った。

間もなく、銀行筋が手のひらを返して潮の引くように資金を引き締め始め、ついに資金繰りに詰まった。伸びきったゴムひもは、急には縮まない。暴走がたたって、倒産寸前となった。

資本提携している主取引商社から、鯛中《たいなか》が送り込まれたのは、このタイミングだ。社長だった鱒を相談役に祭り上げ、自ら社長に就任し、出身商社をバックに会社を立て直した。鯛中は辣腕の経営者だが、遊び好きだった。

ようやく経営が安定すると、その後は、朝に顔を出すと、後はゴルフ、夜は新地通いに精を出していた。それでも、会社は、順調に利益が出た。

商社出身の鯛中新社長は、それなりの広い視野の持ち主だった。特色を持つ、元気のある若者を多数、即戦力として中途採用した。藤が入社したのは、その時だった。

藤は、学卒後、最初に就職した会社が倒産して失職していたが、中途採用として入社した。

同期は皆、どこかの会社をしくじった経歴の、わけありの三十二、三歳の若者たちばかりだ。鯛中新社長は、この中途入社組に将来を託し、さらに中から六人を選抜した。藤はその一人だった。

鯛中社長は、

「わが社は急に、膨れ上がった掘っ立て小屋のようなものだ。土台も半端だが、建物を支える中核の柱も半端だ。人材も組織も町工場のままだ」

といった。

「だが、この会社は大きく成長するぞ。得がたい技術を持っている。やり方次第で、日本一はおろか、世界一は夢ではない。それで、今度、君ら六人を選抜した、というわけだ」

「君らの将来にかける。これからの精進と覚悟次第だが、早い時期に幹部となってもらうつもりだ。毎週一回、私が特訓の勉強会を開く。その覚悟をしてもらいたい」

さらに、大事なことをいった。

「私の後継社長も、君らの中から選ぶつもりだ。何事も、君らの今後の精進と覚悟次第だ」

藤に、「君は技術屋らしいが、企画を担当させる」

社長直属の課長とした。

再び、波に乗って業容は、爆発的に急拡大した。従業員は、単体で千八百人に膨れ上がった、東証一部に上場し、今では、業界のシェアのトップをライバルと争うようになっている。トップと二位では、マーケットの優位性において、収益性おいて意味が違ってくる。

シェア争いに、しのぎを削って社内はピリピリ緊張していた。

従業員数は急増したが、人材は急には育たない。特に幹部の人材は脆弱だった。会社の土台と骨組みは、まだ町工場時代とさして変わらない。

十数年経つ。

鯛中社長は、体調を崩して会長に退き、『砦』を、五十歳の藤に託すといった。

「この砦を君に明け渡す。あとは、存分にやってくれ。砦は守りが大事。あせって攻めを急がないように。守りは組織だ」

「わかりますが、でも、守りだけでは、私は攻めですから」

「そこはバランスよくやってくれ、古い従業員と、古い取引先も大事に」

日ごろの教訓をいった。

「天網恢々、疎にして洩らさず。という。正々堂々とやってくれ」

それから声を潜めて、

「鱒爺さんには気を配れ、気をつけろ。あの爺さん、正直者を自称して好々爺に見えるが、あれでなかなか怖いぞ」

砦の引継ぎの言葉に付け加えた。藤は、鯛中の言葉は、おおむね守ったが、相談役の鱒爺さんに気を配れ、気をつけろは、おろそかにした。最小限の報告、連絡、相談はするが、大方は、忙しさにまぎれて無視した。

「鱒爺さんは、駄目爺さんだな」

ときに、不用意に周辺に洩らした。

三

自宅の庭の生垣の外の道路わきで、黒塗りの社用車が、エンジン音を低くして藤が出てくるのを待っていた。

玄関で靴を履いていると、背後で、老妻の浪江《なみえ》が、

「夕べいやな夢を見たの。それでいやな予感がするの、気をつけてくださいね」

老妻というには、まだ早い、五十歳になったばかり、しゃれっ気はとうに無くしてい

て、髪は後ろに無造作に束ねただけ、美容院など滅多に行くことはない。糠味噌の匂いが、体臭となって染み付いている。藤の失業時代、安サラリーマン時代を、そのまま、引きずっているのだ。

社長夫人というより農婦がぴったりである。他の役員のファッショナブルな夫人グループから、変な目で見られるのに、一向、気にしていないらしい。しかし、むしろ、これは立派なものと藤は褒めてやりたいと思っている。

「なんだ」

「あなたに、なにかあったら」

「よせ、俺は、まだくたばる年ではない」

顔をしかめた。

「病気であれ、何であれ、あなたの骨を箱に納めて、白布に包んで、会社に持って行きますから。あなたの敬愛する鯛中会長の机の上に置いてあげますから」

振り向くと、眉に険がある。

鯛中会長と聞いて、藤は慌てた。

(鯛中会長は、最も敬愛するお方だ。骨を拾え、などと、あの人を脅かすような、貶《おと》しめるようなことをするな。やめてくれ)

浪江は、その藤の嫌がる心を見透かして、逆手で藤を励ましたのだろう。

しかし、彼女ならやりかねない。もし、俺に何かあったら、骨を白布で包んで持って行くだろう。一途な強気の気性だ。

(やめてくれ、病気であれ、何であれとは何だ。何が言いたいのだ。雷に打たれたり、崖から転落して頓死するとでも思っているのか)

心で悲鳴を上げた。


「あなたが、みんなに苛《いじ》められている夢を見たの」

「それがどうした、夢だろうが」

「あなたの会社人生は、これまで順風に過ぎた。何か、ここらで逆風が起きそうな気がする。神様が妬んでいらっしゃるかも」

藤は、鯛中会長を師と仰いで敬愛している。鯛中会長のことを、つい熱っぽく語る。

逆に、浪江は、鯛中と聞くと、逆らって批判的な物言いをする。

「俗っぽい遊び人でしょ。それ程、立派な人とは思えない」

藤は、自分が今あるのは、鯛中によるものだ、と信じている。

「鯛中会長は、敵は多いが。味方も多い。確かに俗っぽい人柄だが、辣腕の持ち主だ。でも俺は、あの人が好きだ。敬愛している」

浪江は「ふん」と、批判的にせせら笑う。

「あなたは、利用されているだけ、それだけ。何もわかっていない、全くお人好しだから」

鯛中会長は、小柄だが、度胸がある。口八丁、手八丁のやり手と社内外で評価されていた。

社長時代は、昼はゴルフ、夜は新地通いの毎日だったが、押さえるべきところは、ちゃんと抑えている。銀行筋と、主要な顧客の上層部からは受けが良い。

会社の内外に敵も多い。彼らは鯛中会長を、

「ちび」

と貶《けな》していた。今、体調を崩して、長期入院中である。


藤が社長を引き継いだとき、鯛中会長から、大事な忠告を受けた。

「あの爺さんに、気をつけろ」

あの爺さんとは、創業家出身の、鱒取締役相談役のことだ。町工場時代からの、すべてを知っている。

「正直そうで愚鈍に見えるが、あれで、なかなか癖者だ、そこは、うまくやれ」

藤は、社長になっても、鯛中のように遊ばなかった。攻めて働きにはたらいた。頑張りにがんばり抜いた。社長の椅子に、のんびり座っていることはない。忙しく飛びまわっている。

しかし、忠告を忘れて、鱒爺さんを無視した。

鱒爺さんは、老体でも矍鑠《かくしゃく》としていた。週一ゴルフをするが、殆ど出社しない。しかし、

会社の役員や、気に入った古い幹部の何人かを、豊中の自宅に、呼び寄せ、食事会に招いているらしい。何か良からぬことを企んでいなければよいが。

藤は、靴の紐を、きつく結び終えた。

「何だ、何であれとは、何だ、意味がわからん」

まだ怒っている。

「あなたは、先輩や、創業時の人を何人も飛び越えて社長になったのだから、ねたまれている。このこと、しっかり、覚えておいてください、本気ですよ、私には予知能力がありますから。霊感がありますから」

「うるさい」

顔をしかめた。浪江は、もう、にこにこ微笑している。

「でも、その元気なら、大丈夫そうね。あなたを怒らせてみたかっただけ、それで安心しました。では、このことは、もうおしまい、気にしないで。忘れて、行ってらっしゃい」

けろっとしている。

「俺は窮地に強いよ。負けない。俺は今、乗っている。会社は大丈夫だ。余計な心配するな」

「でも、あなたは、働きすぎだから、頑張りすぎだから、何事にも気をつけて」

四

藤は、市中から北部の箕面方面の丘陵地に土地を求めて、家を建てた。そこは未開発の区域で、付近に民家は少なく、緑が多い。

偶々、隣地に、ひばりの巣を見つけたことから、自分勝手に、『ひばりが丘』と称している。

家族は妻の浪江と子供は男二人、いずれも大学生。娘はすでに結婚して家を出た。四人家族にしては、不相応な三階建ての広すぎる家である。大邸宅を建てたのは彼なりの理由があってのことだ。

バイヤーを自宅で接待し、ついでに自宅に泊らせようと思ってのことだ。外人客のために、天井の高い特別の客室を作った。

すでに、月に一、二回の割合で、自宅接待していた。料亭接待は、この国の悪習と思っている。

カーポートは三台分のスペースを確保した。ざくろの大樹が土地に残っていたのを伐採せずに、そのまま玄関先に残した。

藤は、植物は、花より実のなるものが好きだ、万一のときは食える。食えるか、食えないかが、彼の価値基準である。

藤の生家は、東北の農家だ。貧乏育ちのせいかどうか、すべて、物事を実利で価値判断する癖があった。観賞用の花卉類は、見向きもしなかった。万一のとき食えない。万一のとき食えないものは価値がないといった。

藤は、実利を重んじ、芸術の類は、殆ど興味を示さなかった。閑人の好むものといって無視した。

しかし、それが藤個人の欠点であると、経済団体の仲間の一部の者は指摘していた。だが、率直に忠告するほどのことでもない。忠告したとて、あの猪武者は変わらない。社内の役員の夫人の間でも、批判的にささやくグループがあった。

体力に任せて、よく動いた。ブルドーザーと、あだ名をつけられていた。

「課長は社員の五倍の知恵を出し、汗をかけ、部長はその五倍、俺はさらに五倍だ」と檄を飛ばした。


自宅の玄関を一歩、外に出ると、にわかに明るい初夏、隣地は、広々とした草ぼうぼうの荒地である。以前は、畑だったようだ。三百坪ぐらいだろうか。

彼は、もともと農家のせがれ、だから、土いじりが好きで、隣の荒地は、農園に適当だなと思っている。浪江も、土いじりは好きだ。引退するときが来れば、二人で、この土地を借りて百姓するか。

その荒地の向こうから、なにやら黒い粒のようなものが、天高く飛び立った。

「あれ、ひばりか」

浪江は、

「ひばり、あ、そうなの」と、目を凝らした。

「巣を造ったのかしらね。向こうの雑木の辺に」

荒地の隅に一握りの灌木と一塊の叢があって、その中に巣を造っているらしい。

「らしいな」

「きっと、そうよ」

「ひばりは、巣のありかを天敵に悟らせないために、巣へは直接、舞い降りない。卵や、雛が襲われるからな」

「用心深いのね」

「ひばりは、臆病で用心深い。遠く離れた場所に舞い降りる。そろそろ地を這って巣に戻る。そのくせ、飛び立つときは、巣から直接、飛び立ってしまうらしい」

「お馬鹿さんね」

「全くだ。頭隠して尻隠さずだ。お馬鹿さんだ。巣は、ひばりの、守るべき秘密の大事な砦なのに」

「くれぐれも、気をつけてくださいね、あなたも砦をしっかり守ってくださいね」

「朝から、何かとうるさい女だ」

腹が立って、小さく怒鳴った。

生垣の向こうの道路わきに黒塗りの社用車が、エンジン音を、少しふかした。

脇に立った運転手が、一礼してドアを開いた。

「今日は取締役会がある。、夜、連中と北堀江で飯を食う。いつもの通りだ。そのあと、ちょっと新地のクラブに寄るが、俺は早めに引き上げる」

運転手は、ドアに手をかけたまま待っている。浪江は気づかれないように耳を寄せた。

「男の嫉妬は、怖いのでしょ」

「……」

背中から囁きが追っかけてきた。

「あなたは人の善意を杖に生きている人だから。単純なお人好しだから、七人の誰かが狙っていることを忘れないで。世の中は悪人が多いのよ、あなたのような、あほな善人は少ないのだから」

五

先週末に出張から帰国した。

翌、日曜日は、浪江と市中のカトリック教会でミサを受ける。市中に出るには、電車を乗り継いで一時間かかった。

一週間の日常が、いかに俗塵に塗れているか。日曜に教会、これは欠かせない。教会は、心の洗濯場所だ。藤はミゲル、浪江はジュリアの名前を貰っている。

ミゲルは、声をあげて交読する。

「私に犯した罪を許しますから、私の罪を許してください」

百五十人ほどの斉唱は、広く高いドーム内に反響する。

現代人の罪とは何だろうか。最たるものは裏切りだな。ユダだな。これは許せない。

でも、俺は、多くの人を裏切ってしまった。今もって寝覚めが悪い。後ろめたい思いでいっぱいだ。今もって悔やむ心を引きずっている。


俺は又、多くの人間から裏切られてきた。心で大いに反発している。

「俺は、あいつを許していない。当然だがあいつも、俺を許すはずはない」

斉唱とは全く反対のことを心に浮かべながら、声をあげる。

「私に犯した罪を許しますから、私の罪を許してください」

声はドーム内に反響して　跳ね返って、自分の胸に問いかけてくる。

晴天、ステンドグラスの教会から一歩外に出ると、全く、別の世界が開ける。壁一つで区切られた、はっきり実存する二つの空間。

（経営は宗教だな、信ずることが大事だ。社員を信じること。特に自分を信じること）

藤は、最近、多少の体調の異変を感じている。胃の下部の辺りに痛みを感じている。

これまでは、自覚がないままに、十二指腸潰瘍を何度も患っていたらしく、レントゲンの映像を見て、嘱託医がいった。

「自然治癒しているが、十二指腸潰瘍の瘢痕は大きいね、それに、何度も潰瘍を繰り返している。再発に気をつけてください。仕事で無理なさらないように」

六

五階にある会議室のドアは開かれていた。入り口に秘書の年配の女性が紺のユニホームで無表情に立っていた。

定刻十分前だが、室内には、すでに全員が着席していて藤の入室を待っているようだった。

室内が不気味に静まっているようだった。いつもは、雑談や、ときに快活な笑い声が廊下にも響いてくる。

（妙だな）

空気がいつもと違って冷ややかに思えた。なぜ、異様に静かなのだろう。湿っぽい、白々しい空気を肌に感じた。いやな予感に、改めて少し緊張した。

（出張の留守中に、やはり何かあったのか）


出席取締役は十二名、内一人は社外取締役、ほかに、常勤監査役、非常勤それぞれ一名が並んでいた。藤を含めて総勢十五名となる。

ほかに記録係の総務部の書記らが、パソコンを前に置いて着席していた。

鯛中会長は病気療養中、相談役の鱒爺さんは老齢を理由に欠席である。

皆の顔色が、冴えないのが気になっていた。何かありそうだ。蛍光色に蒼ざめて見える。

議決のカードは、議長の自分を除いて十二枚。議長のカードは賛否同数のときのみ有効となる。


藤はいつも通り、元気よく、声をかけた。

「おはよう、留守中、何か変わったことはありませんでしたか」

皆は、腰をちょっと浮かせて一斉に頭を下げた。

「おはようございます、何も変わったことはありません。すべて順調です」

空虚な返事が、青白い天井の下、ばらばらと散らばった。

(やはり異様だ)

室内の空気まで、きらきらと蛍光色に染まっている。


机上には、十数頁のA４判の小さめの用紙に、業績報告と、いくつかの懸案の議題、参考書類がクリップされている。

(なぜ、今日はA４用紙なのだ。B４の大きめの用紙に統一しろと命じていたのに会議でA４は効率的でない。やめろといっておいたのに、今日は、それすら守っていない。これも変だ)


藤は議長席に着いた。手早くめくり、ざっと目を通した。特にいつもと内容は変わらないようだ。業績報告と決議を必要とする事案が数件である。

議題に入る前に、中国市場の展望と、現地企業との合弁会社設立の経緯について、簡単に報告した。

「質問はありますか」

誰も、石の地蔵になって沈黙である。（妙だな、大事の関心のあることなのに）

再び問う。

「質問はないのですね」

沈黙である。不自然だ、おかしいぞ、やはり何かありそうだ。

ついで、定例の議事に入った。淡々と、いつもの通り月間の業績等について、製造、技術、開発、営業、財務、総務、などの各担当から、それぞれ業務報告と、案件の処理、若干の要望が提出された。

人事担当は、

「今春、入社の新人類は、酒を酌み交わしたとき『働け働けの、攻めの時代は終わった』

と無遠慮にいいます。『人生は、楽しむもの』と主張しています。遊ぶときは真剣に、働くときは遊ぶように、と」

ついで、鮎《あゆ》財務担当が、

「資金繰りの見通しは順調です。当面、何の心配もありません。ただ」

「ただ？」

「取引のない銀行の支店長までやって来て、金を使えとうるさかったのが、このところ、あまり来ない。静かなのは助かるが。流れがちょっと変かな」


小休止の時間。

藤は鮎に目を当てた。最年少の鮎に密かに期待している。順調に伸びれば、自分の後継者、つまり次期社長に育ってくれればと思っている。関西の私学出身だが、柔軟な頭の持ち主だ。なにより素直さが良い。

「君、今朝のN経済紙のアメリカのD氏のバブル論を読んだか」

「いえ、それが何か」

「今の日本経済の数字は実態を表すものではない。シャボン玉で、膨れ上がっているだけという。空《から》景気で騒いでいるが、ある朝、弾ける、一瞬に消えて夢から覚めるそうだ」

「まさか」

意味が良くわらないようだ。

「業界紙Rは見たか」

「見ました。X社は、またも失望決算かと、失礼なことを書いていましたね。あれ憶測記事です。私がリリース（公表）した数字は同じだが、見通しを勝手に変えて書いています。あの記者に、きつく叱って、注意しておきますよ。何を考えているのか、全くけしからん」

鮎は頭をひねった。

会議が再開された。いくつかの案件について、それぞれ討議があり決議された。

会議を、いつものように終えようとした。

「では、これで」

藤は閉会を宣しようとした。

そのタイミングを計っていたように、鏑木専務が、大きく手を上げた。

「何だね」

鏑木は、蒼白く細長い顔を伏せたまま、珍しくどもっている。

「緊急動議です。よろしいでしょうか」

荒い息を吐き鋭い声を上げた。緊急動議など、いまだかってない。

「緊急動議だって、何だね、改まって。いいたまえ」

「代表取締役社長の、社長職の解任を求めます。これが議案です」

「なんだって、もう一度」

藤は耳を疑った。

「代表取締役社長解任を求める緊急動議です」

「誰のことだ」

「あなたのことです。藤さん、あなたの」

「俺を解任する、だって」

鏑木は、落ち着いてきた。

「そうです。あなたを」

藤は棒立ちとなって、三度、わが耳を疑った。

「いいなさい、理由を」

鏑木は、滔々と述べ始めた。鏑木は、会社の生え抜きだが、藤は、その頭を飛び越えて社長に就任した。

「昨今の業績の低迷の原因は、何でしょうか。来春の株主総会で、その責任を示さねばなりません。外部環境とはいえません。あなたに原因があります。例えば、今度の、中国企業との合弁会社設立の件、事前の取締役会の承認決議がありません」

「ちゃんと、概略だが説明した」

「検討不十分です。取締役会にはかり、きちんと決議承認を明確にしてから事を進めるべきです。でも、いつもの例で、事後承認で済ませるつもりでしょう。あなたの独断専行です」

「いや、私は説明した。皆さんは何も聞かなかった。不明の点や、反対意見も言わなかった、いまさら何を言いたいのか」

「いや、十分な時間をかけた検討ではありません、取締役会の承認をきちんと得てから行動するべきだったのです。そこが悪い癖です。われわれ取締役会は反対です」

「われわれだって？　いつの話だ？」

「事後承認でも反対です」

「何をいまさら、そこを補佐するのが、専務、あなたの仕事だろうが」

語気が鋭く荒くなった。

「藤社長、あなたのやり方は、万事、独断専行ですよ。討議不十分のまま、いつの間にか行動に移っている。一事が万事。今度の件も、例えば税制面からの検討もなく、先方と勝手に合意に持ち込んでいます。二重課税などのリスクが解明されていません」

「なんという言いがかりだ」

「いずれにしても、事前の周到な議論が必要だったのです。独走で取締役会を無視したと言わざるを得ません。あなたのやり方は、いつもこうです、取締役会は、事後承認の場ではありません。最近の業績の不振のままで、株主総会が乗り切れますか。この際、降りていただきたい」

虚を突かれた、反論するより先に、まだ事態が読めない。絶句した。

「……独走？　そんなこと、解任の理由にならん。これから気をつければよいことだ。改めるにやぶさかでない」

「社長といえども、取締役会を尊重してもらわねば、越権行為ですよ」

「過ちというなら、改めるといっている」

「……もう遅い、遅いのです」

鏑木は、なぜか呻くようにいった。

遅いとは何だ。裏ですでに、話が出来上がっているというのか。根回しが。

ならば、誰が仕掛けたのだ、鏑木ではない。鏑木は踊らされている。誰かが背後に居る。

誰だ。そいつは。

不意に足をすくわれた。野獣が獲物を追って、原野や森林を疾駆していて、罠《わな》に嵌《はま》った感じがこれなのだ。

「ほかに、理由を説明しなさい」

「わが社は、このままだと、二期連続減収、減益になりかねない、責任をはっきり示さなければ収まりません」

「それだけかね、ばかばかしい。これは、クーデターだ。出張留守中に、そんなことを企んでいたのか。卑劣な」

問答無用のようだった。すべて、裏で企みが終わっている。そう直感した。鏑木が押し付けるように言った。

「票決してください。取締役会規則により、出席取締役の過半数で決定となります」

結果は決まってしまっているのだろう。オセロゲームの石は、誰かが、すっかりひっくり返しているのだろう。

「私は、退席した方がよさそうだな」

「退席は困ります」

「議長は交代しよう。私は当事者だ」

「いや、続けてください」

ほかの全員は、相変わらず石の地蔵となって口をつぐんでいる。

藤は、やむなく議長を続ける。

「票決します。代表権については別途に諮ります。藤代表取締役社長の社長職の解任を求める。この動議について賛成の方は挙手を願います」

九人が挙手した。挙手しなかったのは、隼と鮎と非常勤の社外取締役の三人だ。九対三で可決。


黒々とした、うす気味悪い怪物の影が見え隠れする。

(鱒爺さんだ、やられた)と藤は思った。(完璧に復讐された)

好々爺の素顔が垣間見えた。

「ついで、空席となった後任の社長を選出したいと思います。規則により、取締役の互選ということになります。ついては、…………」

最後まで、やっていられない。

「もう、私は、ここを退席した方がいいだろう」さらし者はごめんだ。

「いえ、この席に残っていてください。あなたは、取締役としての立場があります。代表権について、これから諮らねばなりません」

「相談役、会長の人事はどうするつもりだ」

「後日、ご本人とも、相談の上で」

藤は、呆然と立ち尽くしている。

「ご着席、願います。落ち着いてください。なお、株主総会や、外部への発表は、御本人の自発的な申し出による社長辞職ということに、そういたしますから。よろしいですね」

「勝手にしたまえ」

「この議事録も」

「任せる」

「では、そういうことで」

会議室の外に出た。

廊下に、数人の新人類が固まって、ひそひそと中の気配を窺っているようだった。ムタファーラ君が近づいてきた。

「だから、言ったでしょ」

「だからって」藤が問い返す。

「言いましたよ。権力闘争などつまらないことです、と」

「君、知っていたのか」

「知るわけ、ないでしょ。でも、多分、そんなことだろうと」

「鋭いな」

「それほどでもありません」

こいつらは敵なのか味方なのか。新人類諸君よ。ムタファーラ君よ。

七

その夜、藤はベッドで眠れぬまま反転を繰り返していた。十時頃、電話が踊った。

「藤さんか、私だ」

鯛中会長の声だ。病院からだろう。向こうの背景は暗く森閑と静まっている気配だ。声は意外と元気である。

「あ、会長、お久しぶりです。お体は」

「そんなことより、君、やられたな、だから、言っておいただろ」

鱒老人に気を配れの忠告を、藤は守らなかった。

「申し訳ありません、私の不徳です」

「だから、だから、忠告しておいたのに、あの爺さんの仕掛けだ。復讐劇だ、根回ししたのだ。君は爺さんを無視したろう。馬鹿にしただろう。あれだけ言っておいたのに、あの爺さんの根回しはきついぞ。しくじったな、君」

「…………」

「君は、これからどうするつもりだ」

「まだ、何も」

「巻き返すなら、君がその気なら、力を貸すよ。オセロゲームなら、もう一度、全部の石をひっくり返せばいい。クーデターなら、逆クーデターでやり返せばよい。力を貸すよ」

どこまで本気なのかわからない。

「いや、それは」

言葉を濁した。

同じ深夜、やっと寝付けたと思ったら、十二時を過ぎたというのに、又、電話が踊った。

隼からだ。いきなり、

「やられましたな。でも、いいじゃないですか」

「ああ、やられた」

「私は、新しい会社を立ち上げますよ」

「何だって、新会社を立ち上げるって、独立するのか」

藤は、わが耳を疑った。

「こんなこともあろうかと、すでに準備はできています。後は登記手続きだけ」

「抜け目のない奴だな。会社法で背任行為に問われるぞ」

「野暮なことをいわないでください。若い、気の利いたのを何人か連れて出ます。本人らはOKです。あなたも、良かったら、お迎えしますよ」

隼は、自宅からのようで、酒を飲んでいるらしかった。舌が少しもつれている。このようなことを見越して、まるで祝杯を挙げているような気配だった。機を見て独立する計画を、何年も前から、着々と実行していたのだ。ノウハウもしっかり取り込んでいると言った。この機に乗じてということらしい。

言葉使いさえ、雑になっている。もう部下でも上司でもないと言わんばかりの、横柄な口調だった。

「新しい会社に来ますか、一緒にやりますか」

半分、本気と思えた。

「いや、それは」

隼という男は、やはり、そうだったのか。彼は危うい。抜け目のない男と思っていた。これまで、せっせと自分のために手を打って行動していたのだ。

有力な顧客のいくつかは、すでに話をつけて、味方にしていると言った。

在任中の社長だった藤の目を盗んでのことだ。密かに裏切りの画策をしていたのだ。

(俺も、ずいぶん甘かったな。お馬鹿さんだったな)

(浪江のいうように、あほな、お人好しだったか)

誰が味方で、誰が敵なのか判然としない。誰を信用してよいのかわらない。砦の中は敵と味方の旗が乱立している。

藤は五十七歳、あと十年は、現役でと思っていた。引退など到底できない。生活もある。家族を守らねばならない。広すぎる家と、多額の借金が、いまとなっては負担だ。決断がつかない。巻き返すか、新天地を求めるか。

鯛中会長の「巻き返すか」という戦えと嗾《けしか》ける言葉と、隼の「新会社で一緒にやりますか」の、逃げへの誘惑と。

戦うか、逃げるか。返事の言葉を、いずれも濁した。

八

狂騒の日々の会社を退いて二年経った晩秋。

借りた隣地の畑の中に、藤と浪江は、麦藁帽子と農作業用の地下足袋、布の脚絆の百姓姿で、仲良く屈んでいた。

浪江は社長夫人より、この農婦姿の方が、よほど似合っている。

じゃが芋、里芋、トマト、きゅうり、なすび、など多彩だ。

あの頃、何をあくせく戦っていたのか。幻想にたぶらかされていたのか。あの日々の戦いは、何だったのか。

畑造りのとき、土地の片隅の一握りの灌木と一塊の叢が邪魔だった。取っ払えば、畑として、広く有効に使える。

「あの雑木の盛り土あたりは、どうするの、ひばりが、よく巣を造るらしい場所だけど」

浪江が聞く。

「そっと残してやろうよ。ひばりの砦だから」

灌木のある一郭は、特に気を配って、そのまま残しておいた。巣は砦だ。

おかげで、ひばりは、以前と変わらず砦から天高く舞い上がっている。相変わらず、舞い降りる場所は砦から遠いが、飛び立つときは砦から直接に飛び立つ。

「お馬鹿さんね」

「お馬鹿さんよ、砦から遠いところから飛び立て」

ひばりは用心深く、餌付けが難しいと聞く。

しかし、その難しいひばりが、いつか、藤の手から洩れ落ちる雑穀をついばむようになっていた。

藤の手の甲や、掌に飛び乗るようになった。

藤の歩く先を、きょろきょろしながら、先導するようになった。

「ひばりよ。わが友よ」

番《つがい》のうち冠羽《かんう》を立てた（雄）ひばりに、若い頃の叶わなかった恋の夢を託して、シィエル（ciel・天）と名をつけた。

「シィエルよ、シィエルよ、いま、恋人よ、天まで駆け上がれ」

つぶやきながら、ひばりの餌付けに熱中している。ひばりと無心に遊ぶ。浪江は、大体、傍にいる。ひばりは小さいが、意外と力強く羽ばたく。

シィエルが藤の頭上すれすれに、二度三度旋回した。巻き起こした小さな風が、帽子の縁をあふった。

傍の草の葉をちぎって、鋭く草笛を吹いた、二度、三度。

冠羽のひばりは舞い降りて、差し出した手の甲に乗ると、ずしりと、意外に重い。爪で、しっかりと、手の甲を摑んで羽を閉じる。じっとりとした実感がある。

いちじく、ざくろ、だいだい。

農園のひばりと遊びながら、あの権力闘争、あのぎらぎらした欲望は、一体、何だったのかと、不思議に思えている。

あの焼け付くような焦燥感は何だったのか、嘘のように消えている。

「ひばりよ、今、わが友よ」


「シィエル、シィエル」草笛を吹く。再び、ひばりが藤の手に舞い降り、羽を閉じた。

「恋人よ」ひばりに声をかけた。

老妻の浪江の幅広の麦藁帽の下の眼が、にこにこと笑っている。

「恋人よ」かつて、新地のクラブで、口ずさんでいた持ち歌はこれ一つである。

ひばりは、手から飛び立ち、さえずりながら、藤の頭上を旋回する。ひばりは、また、舞い降りて藤の手に、鋭く爪を立てた、痛いくらいだった羽を休める。

三十年前に、若い藤の前から、不意に失踪した元、恋人よ。

「いま、恋人よ、シィエルよ」

藤の手から離れたひばりは、高くたかく、天空に向かって駆け上がっている。シィエルよ、天まで駆け上がれ。

あの時、一時、迷いに落ちこんだが、今は全力疾走、充実の毎日だ。何事も熱中する性分である。

「あなたが、もし、何かで死ぬようなことがあったら、と心配したことがあったよね」

「そんなこと、あったかな」

「あなたは、もう死ぬことはないわ」

（あの頃、雷に打たれたり、崖から転落したりして頓死するかも、とでも思っていたのだろう。お馬鹿さんよ。それとも、誰かさんに、追い詰められて崖から飛び降りて死ぬとでも思っていたのか。お馬鹿さんよ。俺はそんなやわな男でないのに）

「でも、あなたは、あのままでは、本当に、体が持たなかったわよ、心も持たなかったと思うの、だから今のこれで良かった。ひばりさんに感謝します」

浪江は心地よさげに、目じりに一層皺をためた。藤の日焼けした額の三本皺も、汗ばんで黒光りに太くなった。

ひばりの餌付けに成功したと、近隣に話題になって、大勢の人が見物に来るようになった。さらに噂は広がって、ローカル紙の若い女性記者が取材に来た。

「写真を撮らせてください」

「ＯＫ」

鋭い草笛で、

「シィエルよ、シィエルよ、今、わが友よ、天から降りてこい」

冠羽のひばりが舞い降りてきた。そして爪を立てて藤の手の甲を摑んで、羽を閉じた。

女性記者は何度もシャッターを切った。

「では、来週月曜日の朝刊に写真入りで載せますから。藤さんは、子供に返って無心に遊びますよね、ひばりに好かれるなんて」

「だから」

「だから、ニュースになります。餌付けの難しいひばりさえ、懐くのね、小さい、小さい、ビッグなニュースだわ。オーラがあるのかしらね」

シィエルは、羽を広げ、藤の頭上を二度三度、旋回して、ち、ち、とさえずりながら天高く、小さな黒点になった。

若い女性記者は、カメラを担ぎ微笑を残して、ひばりが丘を下って、これも小さく消えた。浪江は、手を振りながら、藤に、

「あなたは、自分の砦は守れなかったけれど、ひばりの砦は、しっかり守ってあげたわね」

彼女は解放されたように微笑した。

ш л я п а

帽子

一

ハトポッポが数羽、朝から庭先に、日課のように飛来するようになった。

フェンスの内側で、樹木からこぼれる木の実か何かを、しきりに啄《ついば》んでいる。

「クウ、クッ、クッ、クウ」

「クウ、クッ、クッ、クウ」

その鳴き声が、「クウシュウケイホウ、クウシュウケイホウ」

つまり、霞がかった昔、戦時下の「空襲警報」の連呼に聞こえて仕方がないと、初老の男は、気味悪がったり、感心したりする。

「全くもって空襲警報だ。あの響きだ。あのうすぐもった、いやな音だ。お前はどうだ」

老妻は、

「私は、別にそう聞こえませんよ」素っ気ない。

「俺は、ずばりそう聞こえる。凄惨な戦時下を生き延びた一人として、恐怖の記憶だな」

男は、口真似した。

「クウシュウケイホウ、クウシュウケイホウ、そうだろ、やっぱり」

戦時下から、すでに六十年近く経っている。

しばらく、うるさく、クウシュウケイホウ、クウシュウケイホウと、鳴いてから、カーポートの車のブルーのボンネットと、フロントの窓ガラスに、白っぽい糞を、べったり、二つ、三つ、置き土産にしてどこかに飛び去った。

男は朝十時に家を出た。

グレイのジャケットに黒のスニーカーという軽い身なり。玄関に掛けてあった、新しいスエードの帽子を、ためらいながら被った。薄いブルーで、えんじ色の庇《ひさし》と、小さな羽飾りがあるチロリアンハット風、少しはにかんで、庇を押さえて鏡に映した。

平成十二年（二〇〇〇）三月初旬、ここは京阪地方で、阪神大震災の、直撃でなかっただけに、傷あとはほとんどない。

空がまぶしい。桜は蕾を少し膨らませている。

「おーい」

見えない奥のキッチンに向かって怒鳴った。

「出かけるからな」

「どうぞごゆっくり、今日から、毎日が日曜日です」

奥から、笑いを含んだ声だけが廊下を伝ってきた。男は手軽なウエストポーチを、慣れない手つきでしっかり括り付けた。

「今日から、毎日が日曜日、別にうれしくない」

と、つぶやいた。

タオルで両手をふきながら、老妻は、見送りに玄関に顔をのぞかせた。目じりに皺をためて、

「どこにでも、ごゆっくり」

顔も、そうニコニコ物語っている。男は、二度の勤めを終えて、先週でリタイアした。

「俺は、いつの間にか七十のじじい、紅顔の美少年時代が、ついこの間に思える」

「どこのどなたが紅顔、笑わせないでください」

少年時代の、苦難の戦時下の記憶は遠くなっている。


「本日のご予定は?」

「とりあえず碁会所、相手がなければ、図書館だな」

「お昼は」

「昼はカフェQで適当に済ませる。あとは足任せ」

カフェQは、三方ガラス張りと白い壁面、めっぽう明るい店だ。裕福で幸せいっぱいのような若い奥さんらが、子ども連れで集まっている。

「Qはパンがいいね、野菜スープや、ポタージュもいい」

「若い奥さんらを横目で見ながら、あなたも幸せな気分になってください」

「だが、旦那たちが、その時間帯は、会社で、目をギラギラさせて働いている。または絞られているだろうに。可哀そうに、奥方が優雅に昼を楽しんでいるのを知っているのかな、今の世は、男に分が悪い。男は厳しいね。ちと義憤を感じる」

憮然としている。

「だが、俺は公園のベンチで、日向ぼっこしながら、ハトポッポや、池の鯉に餌をやる。あれだけはしないからな、絶対に」

変なことに力を込めた。

二

男は、街道筋の下り坂を繁華街に向かって歩いている。このベッドタウンにはパチンコ屋と老人が、やけに増えた。

二十年前、丘陵地の宅地造成が俄かに盛んとなり、ブルドーザーが、カブトムシのように這いまわった。丘陵地が切り開かれ、大量に宅地が造成されるに従って、パチンコ屋が次々と開店の旗をひらひらさせた。

商業地はおろか、住宅地の中学校の近隣にも、開店の旗がひらひらした。

「騒音や出入りで授業の妨げとなる」

さすがに反対運動の合唱が起きた。しかし、反対を押し切って、防音対策を条件に、パチンコ屋は開店した。

住宅が立ち並び、つれて人口が急増した。その頃、流入してきた壮年たちが、今は、老人世代となった。

今おじいさんの多くは、リタイアすると、帽子を被って、はにかむように顔を隠している。何が恥ずかしいのか。働きバチの世代だったから、朝から、遊んでいるのが後ろめたいのだろうか。禿を隠しているのか。禿頭が日光に熱いのか。それとも、わびしい髪を解くのが面倒なのか。

駅近い繁華街まで、先週までは通勤のバス。地味なダークグレイのスーツに身を固め、使い古した黒鞄を抱え込み、せかせかと急ぎ足で駅に向かっていた。それが何十年来の習慣だった。

今朝はゆっくり歩くつもり、四十五分くらいか。

三

男は、街道筋を繁華街に向かって下っていく。

登山帽の顔見知りの、同じ年頃の男が向こうからやってきた。

「やあ」

「やあ、やあ」

お互いに帽子の庇に手をやった。向こうの男は、はにかんだように微笑した。男も、ちょっとはにかんで微笑した。

（この時間帯、お互い暇そうに遊んでいていいのかね、朝から）

そんな、はにかみだ。

（いいのだ、いいのだ。お互い、充分すぎるほど、働いてきたじゃないか。充分すぎるほど頑張ってきたじゃないですか）

（そうだよね）

働き蜂の世代たちは慰めあう、そんな気持で、帽子の庇を深くする。

ウィークデイのこの時間帯、この街には老人しかいない。老人たちは、多く帽子を被っている。登山帽や、ハンチング、それに頭巾、野球帽、ゴルフ帽。

すれ違う時、顔見知りには、皆、はにかむように庇に手をかける。

華やかな、色とりどりの登山帽の、すてきな美人の群れが向こうから道を登ってきた。にぎにぎしい。

先頭のひとり、胸がゆさゆさして、はみだしそうだ。ひいきの歌手に似ている。男は、胸のあたりを目の隅に遠く見て、さりげなく行き違ったが、不遜な妄想を抱いている。

(俺は、エロじじいか)

すれ違う女性群に、今日は、何故か目が向く。めっぽう魅力的な美人が多い。

女は皆、潑溂《はつらつ》としている。おじいさんたちは、そうでもない。遠慮がちで、しけて見える。

魚は適当な水圧の下で快適に泳ぐ。男は、慣れ親しんだ組織という適度の水圧から放たれて、今日は、変に不安定に浮き上がっている。

四

新興住宅街の、少しばかり奥地に踏み入ると、目を洗うばかりの素敵な景勝地が開ける。左にルートをとると美しい渓谷と渓流が幾重に折り重なり、いくつもの白滝が目を楽しませる。春は、桜の公園や、キリシタン大名の居城だった古城址がある。右にルートをとると、日本最初の毘沙門天の名刹の古山寺の白亜の低い塀が連なる。秋は、モミジの朱と目も鮮やかにコントラストを効かせている。ハイキングに適当な見晴らしの良い山頂までの小径に続く。

都心からも、方々からもやってくる。

男は、街道筋の緩やかな坂を、パチンコ屋の多い繁華街に向かって下っていく。彼らは、逆に繁華街から、景勝地を探りに登っていく。

バス停を横目に見た。

先週までは、道路をあたふた横切った。暑い日も、寒い日も、雨の日も、風の日も雪の日も、いままでは繰り返してきた。しかし、今日からは違う。バスを待つ人々の中に、顔見知りがいて、にっこりした。向こうも気が付いて、にっこりした。わかったのかな。こちらの、今日からの毎日の日曜日が。

緩やかな坂の下方から、ブラウンのジャングルポケットのベストに、オリーブ色の登山帽の男がやってきた。ちらと目が合った。

相手は、少し微笑んだ。はて、どこかで出会ったことのある人のようだな。

(あの登山帽は、俺よりだいぶ先輩のようだ。リタイアして三年生ぐらいか)

男は、敬意を表して、深く礼をした。

また一人、蛇腹の庇のゴルフ帽子がやってきた。これは、顔見知りである。ウィークエンド、自治会館での碁仇だ。

「やあ」

「今日はどうしたの」

「今日から、毎日が日曜です」

「あ、そうなの、お疲れ様、俺は三年前から」

「じゃ」

「じゃね」

男は坂を下っていく。彼らは坂を登っていく。

それにしても、今おじいさんたちは、なぜ決まって、帽子を被るのか。なぜ、はにかむのか。

また一人、ハンチングが坂を登ってきた。

ジーンズのジャンパー、グレイの髪、口髭、これも目が合って、目礼した。そのハンチングは、胸を張って堂々とした態度を押し出している。

（会社では、部長クラスだったのだろうな、広いフロアの奥で威張っていたのだろうな。だが別室クラスではない）

男は、ちらとハンチングに目をやった。相手は、男を無視しているようだった。

（おやおや。毎日が日曜日の新入りさん、一年一組の、こちとらは、五年五組）

この時間帯、若者や、壮年たちは、都心の会社のオフィスや、郊外の工場で、朝礼を終えて、さあ、一日の働きを開始している頃だ。

男も、先週まではそう働いていた。

だが、今日はこれから、碁会所、図書館、カフェ、場合によっては、公園のベンチで、ハトポッポや、池の鯉に餌をやるだけ。それでいいのかなあ。まだまだ、力はみなぎっているつもり。

はにかむのは、たぶん、そんな後ろめたさかもしれない。

でも自分だって、よく働いてきた。と、男は自分に言い聞かせる。充分すぎるほど。

男女を交えて、大勢が、坂を上って来た。リュック、ブラウス、登山帽、にぎにぎしく、スズメのように快活にしゃべりながら、笑いながら、すれ違って去った。

五

この丘陵地帯は、戦時、高射砲陣地が構築される予定だったという。

すでに建設工事が始まっていたという。今も、それらしき痕跡がある。

京阪神の空の防衛に、敵機を迎え撃つには格好の地勢だ。

丘陵の斜面の、カモフラージュされた洞窟の中、黒光りの高射砲の砲列が、埋め込まれるイメージを浮かべた。今は、その上に住宅が建っている。

男は、街道筋の坂を、ゆっくり歩いて下っている。対面から人々が登って来る。

歩くと、血が巡って大脳皮質が活性化するらしい。自然と、遠い過ぎし日が往来する。

(自分のこれまでの人生は、何だったか)

今もって、「クウシュウケイホウ、クウシュウケイホウ、空襲警報、空襲警報」の連呼が、脳の中で唸っている。戦中派としての実感だ。

少年時代

男は少年時、早く両親と家族を失っていた。孤独、苦難の始まりだった。

播州地方の中核都市にいた。航空機製造の大きな工場があって、爆撃の目標となった。

空の要塞と呼号するボーイングB29戦略爆撃機の低い爆音が、頭の中で今でも唸っている。

終戦の年の六月の昼、1トン爆弾が、どすどすと落とされた。

翌週の夜は、焼夷弾が、ざ、ざーっと、雨かあられのような音とともに、ゆっくり花火のように大きく傘を広げながら、住宅街の、こちらの方向へ落ちて来るのが見えた。

火炎の届かないと思われる、かねて避難場所とされた河川敷に向かって、少年と母と姉は手をつないで走っていた。

(このころ、母と姉はいた)

とんがり帽子の草色の戦闘帽を被って、足にゲートルを巻いて、少年が走っている方向と、焼夷弾が花火の残骸のように、ゆっくり落ちていく方向が、不運なことに、同方向で一致しているように思えた。

自分たちは、落下地点に吸い寄せられて、蟻地獄のように自滅の道に吸い込まれているのだろうか。

だが、避けるすべもない。ままよと、走っている。

「絶対に手を離さないで」

家族は、三人は、手を取り合って、しばらく走っていた。手を離すまいと声をかけながら走った。しかし、やがてバラバラとなった。

どん、どん、と地響きを立てて焼夷弾の落下音が付近に近づく。

とにかく近くの民家の軒下に隠れて、頭を押さえて、うずくまった。

隣家の二階が、突然、火に包まれた。道路に飛び出すと、道路上に、あちこち、焚火のように火炎が吹き上がっていた。飛び越え、飛び越え、火炎の来ないと思われる河川敷へ走った。

しかし、河川敷でも、低空に舞い降りた敵機からの機銃掃射を浴びた。隣に居合わせた男が、

「おい、そこの少年、これ被れ」

と、毛布を投げて寄越してくれた。見知らぬ人の情けが身に染みた。毛布ではどうにもならないが、頭から被った。

「無防備、無抵抗の逃げ惑う住民に機銃掃射を浴びせるとは、何たる無益の殺生か。射

手は、ゲーム感覚で嗜虐的になっているのだろう。鬼」
盛り場で射的に興じて遊んでいる気分なのだろう。こちらは、命がけ。

バリバリ、バリバリ、ダン、ダン、暗闇で見えないが、砂地に、銃弾がはじけて刺さっているようだった。

昼のB29からの爆撃、夜の焼夷弾の住宅街のばらまき投下。

少年は、焼き出されて、リュック一つで、家のあった焼け野原に突っ立っていた。

戦闘帽、ゲートル姿の町内会の、世話人の男が、くすぼった焼けあとを見回っていた。

「おお、無事だったたか」

肩を叩かれた。

「家の人が心配しとった。お城に、みんな集まっとる。西の丸の庭に集まっとる。すぐ行ったれ、そら心配しとった」

再会すると、母は、

「よかったな、よかった」と、少年の足、手、胸、腰を、さすり続けた。

その夜は、街の中心にある、白亜のお城の西の丸の内庭の優美な芝生の上が寝床だった。町内会で配られた毛布ひとつにくるまって、夜露に濡れて寝た。次の夜もそうだった。その次の夜も。

お城は、白鷺にたとえられて、見上げると夜空に映えて優雅だった。

「お城の中に兵舎が存在していたのに、焼夷弾が落ちなかった」

「敵さんは、お城は攻撃目標から外したのだ。文化遺産だからな。余裕だな。そのくせ、逃げ惑う人間めがけて、低空で、機銃掃射を浴びせる。人殺しを、ゲーム感覚で残虐な快感を味わっていたのだろうよ。悪魔」

一夜で、播州の、その中核都市は、東端から西端まで端から端まで、焼け野原となって町の中心は、空洞となって見通せた。中心街は焼けぼっくいが、所々、煙をくすぼらせているだけ。小さな炎が、あちこちに残っているだけ。

少年は、焼け野原の、焦げた材木が、至るところに転がった、くすぼった市中に、古ぼけた戦闘帽で茫然と佇んでいる。

少年は、その後、間もなく、愛する家族を、母、そして姉とすべて失った。医療と食料の不足が原因だった。

独りぼっちになって、逃れようにない孤独感の中で生きていた。

年少の身で、愛する家族のすべてを失う、これ以上の、不運、不幸はあろうか。悲しい思いはあるだろうかと、自問自答していた。

「神様、仏様、これは夢であれかし。夢であれかし。朝、目覚めれば、なにもなかったことにしてください。きっと、家族を返してください」

無駄と思わず、切に願っていた。答えはない。

灰色の戦時下、滅びゆく昭和中期の記憶、毎晩、繰り返された、うっとうしい、ラジオからの、クウシュウケイホウの連呼。

敗戦による、物資の不足と心の喪失感。

（よくここまでこれたな。荒廃からよく立ち直れた）

男は、坂を下りながら、反芻している。

やがて、時代は、十年刻みに激しく揺れ動いた。

朝鮮戦争の特需景気、オイルショックの不景気、高度成長景気、バブル景気、そしてバブル破裂後の不景気、失われた二十年という沈滞期。

大きな景気、不景気の波動に翻弄されながら、慣れないサーフィンを不器用に操るように、溺れず、よく、世の中の大波を潜り抜けた。と思い起こしている。

＊＊　　＊＊

今、男の家の庭先にハトポッポが数羽、その遠い記憶の残骸を背負って、呼び覚ましにやって来る。

「クウ、クッ、クッ、クウ」

「クウシュウケイホウ、クウシュウケイホウ、空襲警報、空襲警報」同じ音程、同じリズムである。重なって聞こえる。

「ハトポッポめ」

凄惨な、恐怖の警報が、脳に刷り込まれているらしい。

「敵機、紀伊水道を北上中」

毎夜の警報が、民家の窓から流れる。毎晩である。たいていは、単機か二機のＢ29戦略爆撃機の、頻繁な襲来である。市民の神経をかき乱す狙いに思えた。


ラジオからの警報は、毎夜、決まって寝入りばなを狙ってくる。招かざる客、空の要塞と呼号する、戦略爆撃機Ｂ29の襲来。グラマン戦闘機の低空機銃掃射。

「空襲警報、空襲警報」

その都度、布団をはねて、防火の綿帽子の頭巾を被って、リュックを背負って、郊外遠くに急ぎ足で退避した。

昼は高高度だが、夜は、低空攻撃だった。サーチライトが数条、夜空を照射するが、むなしく敵機の姿は捉えられない。エンジンの爆音だけが低く、長く唸り続けていた。低空を大きく旋回しているのだろうか。

二時間くらいで「クウシュウケイホウ、カイジョ、クウシュウケイホウ、カイジョ」の連呼、暗い深夜の道を、遠く郊外から市街地に戻る。

六

広島で被爆して、ぐったりとした妹を背に括り付け、焼け野原に、茫然とひとり、立っている少年の写真を知って、涙が滲んだ。

無帽、素足、短パン、血が滲んでいる。タスキを十字に、頭をうなだれた妹を背負っている。焼き場の順番を待っているのだろうか。

歯を食いしばって、目を見開き、一点を凝視している。

胸が詰まる。思うだけで、涙が滲む。男は、帽子の庇を深くして、涙の滲む顔をかくした。帽子は、老人の悲しい思い出を隠すためにある。

男は坂を歩いている。あの少年の心情を思うとき、歩きながら涙が滲む。何度でも滲む。

あの少年は、その後、どうしたのだろう。

行き違う人に涙を知られないように、帽子の庇を深くして歩いている。

男は、あの少年と同じ時代に、同じ年頃に、場所こそ違え、同じような試練に出会っていた。親兄弟を早く失って、ひとり荒涼とした焼け野原に立っていた。ひとり残った姉を看取っていた。

播磨の中核都市の昼間の爆撃は六月、夜間の焼夷弾の絨毯ばらまきは七月、ナガサキは八月だった。

（あの少年は、俺だ）

男は、原爆被爆少年と、自分を重ねている。焼けただれた野原に、茫然と突っ立っている少年ふたり。

（俺は、あの少年だ。同じだ。あの少年はひとりで弟を背負っていた。自分は姉を看取っていた。荒涼とした焼けただれた市街で）

（自分の少年時代の帳尻は、まったく合っていない。美しくない）

男は、パチンコ屋の繁華街に向かって、歩きながら口の中でぶつぶついった。

ナガサキ原爆で、ぐったり死んだ弟を背中に括り付けて、焼け野原で茫然と佇む少年の心情を思うとき、何度でも涙で潤んだ。あの少年は、その時、何も考えてはいまい。考える力を失っている。真っ白だったのだろう。

(俺たちは同志だ。悲しさを共有している。悲しさを分かち合っている)

荒涼とした焼け跡、河原のそばの病院とは名ばかりの病院で、病に臥せった姉を介護していた。

広い、粗末なだけの病院で、その病院は、何故か、姉一人、介護の少年と二人だけだった。医師は一人、巡回も少ない。看護婦は数人、さしたる薬の投与もなく、治療のアドバイスも殆どなかった。食事はかゆと野菜。

布団を十字に敷いて、足を重ねて温め合って、結核の姉を看取っていた。

「私は大丈夫だから、ね、学校へ行っていいから、おねがい」

姉は、弱々しい声で、時々いった。

「ああ、行く、行くけど、でも学校など、もう、どうでもいいんだ」

少年は、その都度、生返事した。中学四年生だった。五年制だったがこの年に限って、四年で繰り上げ卒業できるという。母を失ったし、姉も弱っていた。半ば自暴自棄になっていて、人生の明日を考えることすら億劫だった。学校は無届欠席を続けていた。

学友が訪ねてきた。

「どうした君。ずっと休んで、病気かと思った。病院で介護してたんだね、身寄りの方から病院と聞いてきた」

病室の入り口で、ノートを貸してくれた。几帳面で、きれいなノートだった。

担任教師が、不審に思って、様子を見届けに使いをよこしたのだ。

担任は、赴任の最初に生徒に拳骨を振るった暴力教師だったが、豪快な人柄で少年は心から敬愛していた。

ある早朝、姉は少年の名を呼んで、「さよなら」と静かにつぶやいた。不審にのぞき込むと、眠るように亡くなっていた。安らかな顔だった。

姉は優秀な人だったので、少年は、姉を誇りに思っていて、こよなく尊敬していた。

肺結核に倒れた。終戦前後は多くの若者が、肺結核で倒れていた。国民病で死病とされた。

占領軍が、特効薬ストマイを保持していたと、後々に知った。ストマイさえ何らかのルートで入手できれば、投与できれば、完治できたという。一部の特権の階層には、入手ルートがあったという。

知ったとて、後の祭りというものだ。あれから五十余年、今、坂を下りながら、亡き姉を思い起こしている。また、涙が滲む。

男は、帽子を被って、パチンコ屋の多い繁華街に向かって、坂道を下って歩いている。涙の頬を帽子の庇で隠しながら。

だが、今は、ひとりではない。ありがたい家族を授かり、家族の愛をかみしめて歩いている。

長崎原爆被爆少年の心情を思うとき、亡くした姉を思うとき、幾度も胸が迫り、男は庇を深くし、込み上げる涙を隠しながら歩いている。涙腺が緩んで、汗と見せかけて拭きとる。帽子の庇は、老人の悲しみを隠すためにある。涙を隠すためにある。

七

男は、中学二年になったばかり、十四歳の時、今なら、年少者の就労制限の年齢の時、学徒動員令で労働していた。播磨の陸軍造兵廠で、高射砲造りに励んでいた。数千人の従業員は、皆、祖国防衛の一端と、一生懸命に働いていた。

陸軍造兵廠は、のどかで美しい播磨灘に面していた。空は、いつも澄み渡っていた。海は終日、太陽を浴びて、きらきら、ガラスの破片のようなさざ波を、造兵廠の砂浜の塀際に寄せていた。近く淡路島が見えた。

造兵廠の塀の外の浜辺は、潮干狩りの季節には、近隣の住民に開放される。アサリ、ハマグリ、マテ貝など、ざるに一杯の収穫があった。

敷地は広大で、工場群は機能的で、清潔で、調和が取れていて、美しかった。美しい砂地の海岸線に、黒皮の醜悪な電柱のような物体が二百本、三百本と延々と連なり、ごろ、ごろ、と横たわっていた。

「何ですか、あれ」

指導役の青年工が、どもりながら教えてくれた。やさしい親切な青年だった。

「高射砲の素材やで、ああやって何年も潮風や風雨に晒すのや。そいで鋼の強度が増すのやで」

丸い電柱のような鋼材の外側を削り、中をくりぬき、切削加工する前工程の鋼塊だ。陸軍造兵廠では、主に、12サンチと、15サンチ口径の二種類の高射砲の砲身を鋳造から一貫製造していた。

戦争は、むろんおろかで最悪だが、あの頃は、苦難の中であっても。空気と世の中は、澄み切って美しかったと、男は思っている。なぜだろう。皆も自分も、一生懸命に働いていた。祖国のためにと、無私の心境で、懸命に働いている姿は美しく思えた。今はどうだ、自己ファーストの平和ボケ。

造兵廠の構内は、高射砲の砲身一貫製造の工場群が整然と配置されていた。

転炉から真っ赤な溶鉄が吐き出され、吐き出された鋳鉄は巨大なハンマーで鋼に鍛造されていた。別の工場棟では、各種の工作機械が数百台、終日唸り続けていた。

少年の配置された機械工場は、清潔で、統制が取れていた。

機械工場棟の工場長は若い陸軍技術中尉殿、総務部長は陸軍曹長殿、係長は陸軍伍長殿、その伍長殿は、若く頰っぺたの真っ赤な、丸顔の二十歳代前半の若者で、足を高く、はね上げて工場内を闊歩していた。

少年の仕事は、一時間ごとに、機械工場内を巡回して、機械一台ごとの、稼働状況、稼働率などを調査する仕事だった。年配の女工さんたちから、時々、にこにこしながら声をかけられた。

「坊や、ご苦労様、うちら頑張ってるよって、しっかり報告してや」

副工場長は、民間の事務系の温厚な初老の男で、

「ご苦労」

と、少年を励ますように、歯のかけた口元で、時々声をかけた。すると少年の心は和んだ。

製造される12サンチ高射砲の砲身の長さは7メートル、最大射高は14000メートル、15サンチ口径の高射砲の砲身の長さは9メートル、最大射高は19000メートル

らしかった。のちに知ったことだ。

「そんな高度に届くはずはない。たかだか、数千メートルだ」

と、青年工がささやいた。

真偽は不明だったが、多くはそう思っているようだった。よくわからなかったが、少年も成層圏の敵機には届かないと思った。

しかも15サンチ口径は、まだ実戦に間に合っていないということだった。


敵のボーイングB29戦略爆撃機は、9000メートルから10000メートルの成層圏を悠々飛行していた。この高射砲を空に向かって撃っても、敵さんから見れば、地表で線香花火をやっているようなものだ。

誰もが、役に立たない、届かない高射砲造りと思っているのか。誰もが、知っていて、無駄と思わず黙々と、作業に励んでいるのか。

ただ、造るために造っている。まじめに、お国のためと信じて一生懸命に働いている。

そんな感じを、少年は抱いていた。工場は、一糸乱れず、統率されて動いているように見えた。無駄なく調和した美しい動きだった。

（敵機に、はるか届きそうにない高射砲を、膨大な設備で、膨大な費用をかけて、膨大な人数で、膨大なエネルギーを費やして、なぜ、製造するのだろうか）と、思わないでもなかったが、それ以上は考えないことにして、まじめに一生懸命、働いていた。

「造るために造る」

それでいいのだ、少年は、そう思って、与えられた仕事をこなしていた。誰もが、美しく調和して動いている。それがいい。そう思えた。

造兵廠は立派な総合病院も持っていて、医師たち、看護婦たちが、無駄なく美しく動いているように思えた。

八

真昼の休憩時間、造兵廠の真っ青な空を、飛行機雲が数条、美しく、高高度の上空を、尾をひいて動いていた。

「敵、Ｂ29の編隊だ」

なぜか、この時に限って、避難の警報も避難命令もない。不思議な光景だった。不意の出現だったのか。それとも、この造兵廠の爆撃はないとの判断だったか。おおぜいが、避難せずに空を見上げていた。

「おおっ」

誰かが叫んだ。

「行くぞ、紫電だ、紫電改だ」

小さく新鋭の海軍戦闘機、紫電改らしいのが、どこから飛び立ったのか、単機で、銀色の虫粒のように、きらきら光りながら、果敢に上昇して、敵編隊を追尾しているではないか。ゆっくり追っていく。単機、独り武者のように敵編隊に立ち向かっていく。

「行け、行け、紫電改」

息をのんで、おおぜいが注視していた。しかし、間もなく、あっけなく反転、引き返してしまった。ため息が漏れた。Ｂ29の酸素量の希薄な高度に及ばなかったのだろう。

紫電改は、初めから、高度が及ばないとわかっていて、突っ込めるだけ、突っ込んでいったのだろう。

陸軍造兵廠は、終戦まで爆撃を受けることはなかった。役に立ちそうにない高射砲造りを知っていて、攻撃目標から外していたのか。しかし、避難中の逃げまどう従業員に、低空に舞い降りたグラマン戦闘機が機銃掃射を浴びせていた。

「憂さ晴らしに撃ってくる。必要ないのに」

「逃げ惑う人間を追いかけて、面白いか。悪魔」

避難の群れから怒りと、ため声がもれた。

九

男は、パチンコ屋の繁華街の方に向かって、ぶつぶつ言いながら歩いている。

〈敵機に届かない高射砲造り、あれは無駄でなかった。まじめに、一生懸命に努力して、膨大なエネルギーを費やして、何千人が、調和して汗を流していた。造っても、届かな

い目標めがけて撃つ。今思い出しても、それが美しい）
（自分は、これからも、射程、数千メートルの高射砲であっても、１０００メートル上空の目標に向かって撃つ。撃つために撃つ。これからも残された人生の今日の一日一日を大事に、届かないとわかっている目標に向かって撃つ）
学徒動員の十四歳の少年は、戦争に勝利するとは思わなかったが、どのように収束するのか、それだけが、漠然と不安だった。

＊＊　＊＊

小学六年生の時、戦争直前、白いモール紐の肩章を肩から胸にかけてぶら下げた恰幅のいい海軍の大佐殿が、小学校に講演にやってきた。

「ジリ貧か、どか貧か」

モール紐の大佐殿は講堂の全校生を見渡していった。

「わが国は、ＡＢＣＤ包囲網とかで、彼らは経済封鎖、原油資源を枯らして、わが息の根を止めようとしている。このままでは、ジリ貧である。ジリ貧を選ぶか、どか貧を選ぶか。だが、諸君にいっておこう。わが国には不沈戦艦が、某所に温存してあるのだ。むざむざやられはしない」

ＡＢＣＤ包囲網、アメリカ、イギリス、チャイナ、オランダの包囲網である。「ジリ貧か、どか貧か」その言葉が、今なお、耳底にへばりついている。

どちらに転んでも負け戦さか。不沈と思われる秘密戦艦も確かに温存されていた。日本は、ジリ貧を避けて、どか貧に追い込まれた。

＊＊　＊＊

造兵廠では、皆と同じように、真面目に一生懸命に働いていた。一時間ごとに工場内を巡回して、一台ごとの稼働状況を調査報告する作業だった。

円形の物体が加工製造されていた。人間が一人入れるくらいの、鋼板の空洞の容器だが、大きな堅旋盤で切削加工されていた。同じ年頃の少年工の一人が、

「あれは桜弾という特攻兵器だ。秘密兵器だぜ、人間が入るらしい」と、耳元でささやくように教えてくれた。事実だったか、どうかは定かでない。少年は、毎日、その特攻秘密兵器とやらの加工が進むのを見ていた。爆薬を抱えて、人間が独り、空中に放出されて、何を目標に、突っ込んでいくのだろう。操縦できるのだろうか。突っ込むために突っ込むのか。想像の域を超えていた。ここに働いている幹部の技術の軍人たちは、戦争の勝利を信じているのだろうか。これも、想像の域を超えていた。

毎朝の通勤の電車は、超満員だが、ひとり快適だった。小柄な少年は、窓の外に上半身はみ出して、窓枠に腰かけた。窓枠は特等席だった。危険だが危険とは思わなかった。顔は車中に向いているが、背中は車外にあり、風が背中を吹き抜けていく。車内の息苦しさに比べたら、まさしく特等席、転落の危険など気にならなかった。愉快で快適だった。その特等席に座れるのは、小柄な少年しかいない、特権に思えた。

だから、陸軍造兵廠への通勤はいつも快適だった。

電車は発車すると、ゆっくりとジェットコースターのように左に傾斜し、カーブしながら、丘陵を上昇した。少年の上半身は、窓の外にあった。カーブで、少年は、電車と一体になって傾斜して上昇し、反り返っていた。

「下を見るな、目がくらむ、危ない」

車内の者が怒鳴っている。

確かに危険で、背中は電車の窓外に半身はみ出て、電車も傾いて、宙ブラリンで電柱などが、背中すれすれに風を巻いて過る。しかし、ぎゅうぎゅう詰めの車内と違って、風通しが快い、特等席の特権と思っていた。電車はスピードを出さなかった。

男は、その頃から、先週まで五十五年間、労働していたことになる。

労働しながら、公立大学の二部に通った。職場から夕方六時ごろ学校に着く。学生食堂で、うどんを食って、教室に入ると、後部の席で机に臥せって、すぐ居眠りした。居眠りというより爆睡していたが、咎める教師はいなかった。

しかし、不思議に講義の内容を覚えていたように思っている。結局、学業を続けるのは、むなしく、途中で断念した。

十

終戦を迎え、少年は十八歳、青年の入り口に立っていた。

旧海軍軍需工場で、工作機械を製造していたという工場で働くようになった。かつて海軍主計将校に別室が与えられ、その監督下にあった工場という。

若年の、まったくの未経験者でありながら、経理課に配属されて、海軍方式と称する原価計算業務を、前任者から、いきなり引き継がされた。原価計算は複雑で精緻な計算式と、さらに熟練した判断が必要だった。

（自分ごとき、何もわからぬ若造でかまわないのか）

と、戸惑った。未熟な、青年の入り口の少年は、いきなり大きな業務をゆだねられた自分の立場をいぶかった。その頃、若い人材の多くは、戦死したか、戦地に残留していて、国内に若い人材が乏しかった。

海軍方式と称する原価計算、この計算方式の延長で、高射砲や、航空機や艦船の原価を算出していたのだろうかと、想像しながら不相応な業務をこなしていた。鋳造工場、機械工場、仕上げ組み立て工場のそれぞれの単位当たりの付加計算をする。積み上げて、原価を算出する。


会社は、戦中は、軍需工場として数万人の従業員を擁していたという。戦後も八千人の従業員で、自動紡織機の製造をしていた、しかし、化学繊維が時代の主流となり、会社は、時代の流れにそぐわなくなっていた。

会社は、多数の工場群を全国展開していたが、次々に閉鎖していた。会社は時代にずれ始めて、縮小均衡と、給料の遅配欠配を続けていた。

世の中には、快速電車に乗った、華やかなエリートたちがいる。彼らは、インコーナーを優雅に走る、自分は鈍行電車でアウトコーナーを走る。美しい外の景色は、どう違うのだろうか。

「窓の外の景色は同じだ」

男は、よく自分と、比較していた。エリートたちの人生も、案外つまらないのではないか、ジェットコースターのこちらの方が、案外、浮き沈みが激しくて、景色に変化があって、それなりに面白かったのではないか。

目的地に向かって、レールに乗った人生と、脱線人生。がたぴし、道なき道、砂利を踏みつけ、じぐざぐと、どこへ行きつくのかわからぬ人生。あれも一つの人生、これも一つの人生と思うことにしていた。

物事には、必ず、良い面と悪い面がある。ただ、悲しいことは大量だが、喜びは少量だった。

霞がかった遠い記憶の残骸。あれから、どれだけ長い歳月が経ってしまったのだろう。つい、この間の出来事にも思える。

これまで生きてきた人生の中身は、まったくバランスが良くないと思っている。運、不運が糾《あざな》える縄のごとく重なった。

男のこれまでは、不幸、不運が多かったが、幸運も同じだけ重なっていた。多くの人に、助けられた思いは強い。崖っぷちに追い詰められたとき、思いがけぬ多くの人の救いの手が差し伸べられた。多くの人に強い恩義を感じている。大きな恩義のお返しは全くできていない。悔まれた。

男は、人生を振り返る。早く親に先立たれて、不幸な少年時代を送ったが、神様は、すべてに平等であろう。それは信じている。人生を終わって振り返れば、すべて平等なのだろう、と信じる。

人生は、美しくバランスしているはずだ。そう信じる。

男は、少年時代のスタートは不運だったが、まったく不幸だったとは思っていない。終わってみれば、平等に収まるだろうと信じている。

十一

男は、人生の大半を経理マンで過ごした。最初、配属された部署の仕事は、海軍式と伝えられる原価計算業務だった。陸軍式とどう違うのか、わからなかった。

原価計算の知識と業務は、男に終生ついて回った。

経理業務は自分が望んだわけではない。偶々、新人の時に配属されたのが経理課。それが、会社員人生の始まりだった。以来、いくつかの会社を転じたが、経理業務は付いて回った。

人間関係は煩わしいが、数字は、人間のような裏表や駆け引きはない。

数字が魚のように跳ね回って、会社の動きが、パソコンのモニターに反映した。新入りの一介の若造だったころから、上司や、工場長以上に、部長、社長以上に、経営の実態をいち早く、数字を通して把握していると思っていた。映像を見るように、生き物のように、組織の動きが手に取るようにわかった。でも、どういうことではない。それだけのことだ。


青年は、終日、黙々と数字とにらめっこして対話していた。

「おい若いの、今日は顔色よくないぞ」

数字が、若造に呼びかける。

「お前こそ、今朝は動きが悪い。調子が悪そうだな。死に体だな。数字は数字らしく生き生きと跳ねろ、泳げ」

若造が数字と対話する。数字は相棒で、生き物だった。数字は、勝手に泳ぎ回る時と、仮死状態の時がある。そんな時、若造は、仲間をいたわるように気持が沈んだ。

外回りの営業マンが、からかった。

「おい、経理さんよ、部屋の内で一日中、そろばんの尻押《けつ》しで、何が面白いか」

扇風機とうちわで、エアコンも、パソコンもない時代である。

営業マンは、アポの時間待ちの時は、カフェで一服、遠く出先の時は、電車の中で居眠りできる。宿泊出張なら、夜はホテルでゆっくり楽しめる、と、自慢した。

手回しの機械計算機が出現した。

「おれ、そろばんが苦手でな。これで助かる、すまんが、おれに使わしてくれ」

隣のデスクの中年の男は不器用だった。機械を独り占めしてガラガラと、機械音とともに終日、手で回していた。しかし若造は、そろばんと暗算が得意だった。その方が、スピードで優っていた。

やがて初期コンピューターが導入されたが、まだそろばんの方が勝った。オフィスコンピューターは進化し、そろばんは不要となり、パソコンになり、若造は中堅となっていた。若造は、その頃、数の少ないパソコンを独占した。

机の上のモニターとにらめっこしながら、キーを叩き、パソコンを操作した。数字は水槽の中の魚のように泳ぎ回った。時として波の上に、空中に跳ねる。

若造は、常に帳尻が合うかどうか考える習性が身についてしまっていた。おろかで悪い癖だ。

休日に、映画館や劇場に入っても、野球場でも、レストランでも、瞬間に常に計算していた。入場者の人数と単価を掛け算して収入、それに大雑把な費用、採算が合うのだろうか。バランスしているか。どのくらい儲かっているのか、損失なのか。素早く計算した。全く、身に沁みついた余計な悪い癖だ。悲しき悪しき、習性だった。

バランスシートの右側と左側の数字が、ぴったり一致して静止すると美しい。そうでないと、美しくない。落ち着かない。

数字は、どこかを、さまよっている。さぼっている。数字を連れ戻さねばならない。

バランスシートの左側は、借方といい、資産勘定、右側は貸方といい、負債勘定＋資本勘定である。左右はイコールでなければならない。一円たりとも違っては美しくない。

十二

碁会所に碁仇はなく、男は、繁華街に近い、スポーツジムに立ち寄った。見学の体験入会という。

二十五メートル、七レーンで、透明の屋根から陽光が差し込んだ明るい屋内プールだ。勇ましく男女が、いや、殆ど女性だったが、インストラクターの掛け声に呼応して、水煙を上げていた。

水しぶきは、美しく、まばゆいくらいだった。

「イチ、ニイ、イチ、ニイ」

真っ黒な顔、真っ黒のボディーの男のインストラクターの、強い掛け声が場内に響く。約五十人が水中にいたが、殆ど中高年の女性である。男子は、というよりおじいさんは、三人か四人、遠慮がちに水中歩行している。

一レーンと二レーンは、ロープの枠を外して、広く通しで、インストラクターの指導の下、殆ど女性が勇ましく、水中体操である。

「イチ、ニイ、イチ、ニイ」、たくましいお尻と、太ももと、腕のすさまじいエネルギー。多少、色っぽいが、それより健康的である。

波動が押し寄せる。すさまじい女性たちのエネルギー、おかげで、六レーンと七レーンにいるおじいさんたちは、よろめいている。

たくましい足で、壁面を蹴って、美しく、水面下に沈み込む。

太い腕で力強くドルフィンキック、お尻を突き上げる。何十人一斉の、集団の、すさまじいエネルギーに、隅っこの、おじいさんたちは、気の毒にたじろいでいる。

美しく、伸び切った姿態を水中に潜らせ進んで行く。波動が押し寄せる。おじいさんはよろよろロープにつかまる。

美しく、さわやかに、気持よさそうな風景だった。
男は、入会書類にサインした。

十三

男は、午後二時ごろ、住宅の丘陵の坂を登って帰途についていた。まだ太陽は中天。（今日は、いろいろ新しい景色が見られて、それなりに面白かった。有益だったな。歩きながら、戦時中が自然と思い出されて、でも感謝もあった。ありがたい一日だった）

ふと気が付くと、横に、朝、出会った蛇腹の庇のゴルフ帽の碁仇の男が、どこからか現れて、肩を並べて同じ方向に歩いていた。

「やあ」

「おや、おや」

「どうです。これから、そこの自治会館で、一戦交えますか」

「いや、今日はちょっと」

「じゃ、ウィークエンドに」

「そうだね、その節はよろしく」

「毎日が日曜日の初日、今日は、どんな気分でしたか」

「それなりに、楽しかったですよ」

「私も、リタイア初日は楽しかったけど、今は退屈で。ところで、あなた、これまでの人生で一番つらかったときは」

「そうだね、少年時代」

碁仇は、不思議そうな顔をした。

「一番、楽しかったときは」

「今かな、今だね」

これも、不思議そうな顔をした。

「これから、何をしますか」

「今日いちにち、今日いちにちの感謝としか、それだけ」

不思議そうな顔と、納得の、半々の顔をして碁仇は去った。言い忘れたことがある。

（恥多き人生だった。いかに多くの人のお世話になったことか、恩義を受けたことか、迷惑のかけっぱなしで、それきり別れてしまったことか）

（それにしても、ひどかった少年時代。苦難の少年時代。しかし、今の世の中、どこか変調だな。世の中、平和ボケに思えたけど、これはこれで、いいのだろうか）

家の近く。

（どこに行っても、女性パワー、美しく、健康に、勇ましく、何かと人生をエンジョイしているようだ）

対する男どもは、会社で絞られて、汗みどろの戦いの最中というのに。男は、みんな、しけて見える。

家は鍵がかかっていた。ピンポン、応答はない。ピンポン、応答なし。男は帽子をかぶり直した。

（はて、留守かな、どこに行ったのか）

ピンポン。ピンポン。

（はて、晩の買い物には早すぎる）
ピンポン。ピンポン。

соперник в (игре) го

碁《ご》仇《がたき》

一

男は先週リタイアした。翌週の昼下がり碁会所にいた。自分の名前と級段位のカードをフロントに渡した。

「初段ですね。間もなくお相手がいらっしゃるころと思います。しばらくお待ちくださ
い」

カードと男の顔を見比べながら、フロントの年配の女性が乾いた声でいった。素人初段、平均的な力量で、誰でもそこまでは到達する。それ以上はなかなか進まない。

ビルの七階である。相手待ちで、男は、時々ぼんやり窓の外を眺めていた。御堂筋の銀杏並木の緑は目を洗うばかりのさわやかさだ。

窓際に小さなガラスの花瓶が置いてあった。すずらんが数輪、無造作に投げ入れられ

ていた。寂しげに可憐に思えた。

先週、リタイアの送別の花束をもらった。拍手とともに。

「ご苦労様でした」両手に花で盛大に追い出し、いや送り出された。

窓際のすずらんを見るたびに、霞がかった遠い昔。入社の頃の記憶がよみがえる。必ず、あること、ある人を思い出す。

＊＊

半世紀も前になる。軍需会社だったある大会社に入った。

旧制の中学を戦後直後の特例で四年で繰り上げ卒業して入社した。

十八歳と若い新米なのに、なぜか、いつも机の上は花で飾られた。およそ一年余り、その事務所が閉鎖される日まで続いた。机はいつも、素敵な花盛り、傍目に恥ずかしいほどだった。もちろん悪い気はしなかった。仕事の励みも付いた。

机は末席だが、フロアの中央にあって、周囲から目立ったかもしれない。

（誰の心づかいか）

好意の人の姿を見たことはないが、自然とわかってきた。社宅から通ってくる、十五歳の少女の好意だった。三日ごとぐらいに花は取り換えられた。毎朝、誰も来ない早い時間に花を入れ替え、水を差してくれるのだろう。

個人的に話すことは殆どなかったが、ある時、すずらんが好きだといっていた。それくらいの会話だけだった。

社宅住まいの貧しい家庭だが、清楚な美しい少女だった。今、どうしているのだろうか。幸せに暮らしているのだろうか。

その後、会ったことはない。お礼をいったこともない。社会への入り口を素敵に飾ってくれたのに、言葉も交わさず、お返しもせずに終わった。淡い思い出だ。

二

少女は、すずらんが好きだといった。新制の中学卒。

二人の共通項といえば、新米の少年と少女。数百人の工場の従業員の中で、多分、最年少クラスだろう。ひよっこ同士だ。

社会にスタートするには、相応の助走期間が必要だとわかっている。できれば二十五歳まで助走して、ホップ、ステップ、大きくジャンプするのが理想だろうと、つくづく感じるようになっている。

戦争の直後ということと、家庭の事情もあって、不幸にして、その少年と少女には助走期間が全くなかった。これも二人の共通項だ。不運にして何の準備もなく助走もなく、いきなり、不本意に社会に飛び込んだ。飛び込みを余儀なくされた。多少のジャンプはできるだろうか。ハンデは、跳ね返せるだろうか。

工場は、山林の麓にあり田園風景が広がり、戦後を感じさせない、のどかな疎開工場だった。

少女は、構内の質素な社宅から通っていた。小さな庭がそれぞれあって、それなりに草花が育てられていた。その草花を、少年の机に、人知れず誰も来ない早い時間に飾り、水を差していた。毎朝、毎朝、来る日も来る日も続けた。時に、町で買ったと思われる、豪華な時もあった。大ぶりな百合とかバラは、乏しい給料からの出費だろうに。
少女が少年に好意を持っていることは、わかりすぎるほどわかっている。ただ、それ以上なのかどうかは、わからない。

机の上に、名も知らぬ幾種類もの花が盛られている。すがすがしく気持がいい。仕事に励みが出た。ちょっとした小花の時もあれば、ある時は豪華な花が飾られた。広いフロアーに、常に花が飾られているのは、ひよっこの少年の机の上だけだ。他の机の上にも、あることはある。工場長や、総務課長の机にも時々あったが、自分の机の上の花は特製で、特別だ、美しさが違う。清らかさが違う。草花にも心があると思えた。

少年は経理に配属された。少女は、少し離れた席の工務課に所属していた。個人的に話すことはなかったが、草花のわずかな隙間から、時に、ちらと目が合う。慌ててすぐそらす。
少女から少年のところへ、午前と午後、データの束が運ばれてきた。ときどきメモが忍ばせてあった。美しい字で詩のようなメモが。そんな時、少年の首筋が赤く染まった。隣席の女子事務員が目ざとくそれを見とがめた。

（それ、また、また首が赤く染まったぞ）

何かの時にそれを暴露して、からかった。データを返す時、少年は、お返しのメモを忍ばせた。誰にもばれなかった、と思っている。

金木犀の花と小枝の時、「初恋の薫り」と、メモが入っていた。単なる花言葉だろう。しかし少年は悩みに悩んだ。心がかき乱された。答えは出なかった。その時、少女をなぜか憎んだ。なぜ憎む気になったのかわからない。

少年は、ひとりで恋に落ちていた。少女がそれに気づいたかどうかは、ついにわからなかった。少年は、少女が自分に好意を寄せてくれているのはわかっている。しかし、それがどの程度なのか、深さがついに測りかねた。どう応えたものかもわからなかった。それがその頃の悩みだといえた。それだけだ。

工場は一年余で閉鎖され、従業員のほとんどは離散した。少女がどうしたのかはわからない。少年は、K市にある本社の経理部に転属した。

K市には公立大学があり二部が新設されるという。少年は働きながら学べると思っている。

あの頃から五十余年が経った。男は、その後、いくつかの中会社を転じ、リタイアした。碁会所で窓際に置かれた、小さなガラスの花瓶と、投げ入れられたすずらんに、ぼんやり眼を休めながら、そんな古い昔を思い出している。スタートを花で飾られたのは、思いがけない幸いだった。力強い励ましだったに違いない。

あの少女は恩人だ。幸せな生涯を送ってくれているのだろうか。

なぜ、あの頃、会話もしなかったのだろう。できなかったのだろう。今もってわからない。

社会に飛び込んで、初めと終わりを花で飾られたのは大きな幸いだった。道中は、反対に、いばらの道だったな、ジェットコースターのようにスリリングだった。社内の葛藤やらで乱戦の中、生活をかけて、それなりに命がけで、よく切り抜けたと、男は振り返り苦笑する。追い詰められて、血の小便をした。思わぬ人に助けられた。

碁も人生も同じだ。序盤の布石は大事、中盤の混戦も大事、終盤の締めくくりも大事、もちろんだろう。

三

「うみやまさん、うみやまさん、いらっしゃいますか。フロントまでお越しください」

声を張り上げ、碁会所の呼び出しが聞こえてきた。

「うみやまさん、海山仙太郎さん」

男は、「おや、おや」と聞き耳を立て、あたりを見回した。うみやま、という名は、最近よく聞く。妙な親しみがある。メディアでのことである。昨今の国会でのことである。

通称ウミセンという政治家のことである。ウミセンは保守政治家で、時の人だが悪役だ。このところ連日テレビで騒ぎまくっているのを観る。

数日前にも、議長席に詰め寄った反対党と、あわや摑みあいにならんばかりの、派手な大立ち回りを演じていた。じろっとにらみつけ相手を威嚇する。常にテレビのカメラを意識している。与野党がもめて、あわや暴力間際になった時が、ウミセンの出番だ。

（まさか）

と、思った。が、のそっと立ち上がり、フロントに向かったのは、テレビでおなじみのウミセンその人らしい。案外、小柄で中肉、肩幅のがっしり広い、頭のはちがやけに大きい。

背格好や体形は、男と似ている。悪い予感がした。年齢も同じくらい。体形が似ていることで、なにやら自分と同類と思った。が、活躍の場は全く違う。ウミセン、自称、元博徒、それも二代続きとか。傷害とかで塀の中にいたこともあるらしい。

「俺は塀の中にもいたが、破廉恥なことはしていないぞ」と、うそぶいている。

（うんざりだな、まさか、あいつと）

しかし、その、まさかのようである、次いで男の名が呼び出された。男は立ち上がった。男も頭のはちが大きい方である。小柄で中肉、男は平凡なサラリーマンだった。先週までは。

（体形は同類だが、異質の人類）

ウミセンは、悪党ぶっていて強面《こわもて》だ。政界の暴れん坊。それがウリである。もめると存在感が出る。ギラギラした武闘派だ。国会は一昨日で閉会となっていた。


フロントに自分の勝負の星取りと段位のカードを提出しておけば、多数の待ち人の中から、適当な力量の相手を探しだし、相手と組みあわせてくれる仕組みである。

ここでは皆、平等だ。誰さまが来ようと、彼さまが来ようと平等である。あるのは段と級だけ。

軍隊の位でいえば級の者は兵隊であろう。段位の者は将校か。高段者は佐官、将官であり、さらに高段者は将軍である。プロと名が付けば、誰であれ、見習いであれ、研修生であれ、高校生であれ、中学生であれ、神様である。椅子に座ると床に足が届かないくらいの背の低い小学生でも、神様級がいる。

頭の禿げた大会社の社長であれ、段位がなければ、ここでは兵隊だ。高校生や中学生に、こっぴどくやられる。

小学生でも、将来プロを目指そうとするほどの者は、石の下す音からが違う。「ピシッ」と凛々しい音がする。姿勢もよい、背筋がピンとしている。小学生の前で、頭の禿げた大会社の社長か誰か知らぬが、もぞもぞと、しけた石を下して「参りました」と頭を下げる。

そこで背伸びしている小学生は、「ここが良くありません、こう打つところです」と、禿の大社長に教える。

「ありがとうございました」禿は神妙に小さくかしこまる。（内緒でお小遣いを差し上げる。ご指導料だ）

週刊誌は、ウミセンを面白おかしく取り上げていた。

若いころ関東系の暴力団のチンピラをやっていて、喧嘩で人を傷つけたとか、何かで塀の中にいたという怪しげな経歴が云々されている。

「俺は罪を得ても、破廉恥なことはしていない」と、うそぶいている。破廉恥か、破廉恥でないか、それが男だ。どすの利いた声と、目つきの悪いにらみで反対党の相手を威嚇する、手を挙げて指さして罵倒する男である。テレビカメラの前でやる。

保守系政権党の副幹事長を務めたことがある。国会予算委員会の議長を務めたこともある。古参だが、ただ妙なことに大臣経験はない。本人も、敢て大臣職は望まなかったらしい。わがガラでないと、身の程はわかっているらしい。

だが今日のウミセンはテレビで見るのと違って、どこにでもいそうな平凡な、目立たない人の良さそうな初老の老人に見えた。

フロントの前で、男はウミセンと並び立って、顔を合わせた。ちょいと会釈を交わした。同じような背格好、そういえば、頭でっかちなところも、中肉小柄も似ている。

体形は同類項である。共通項である。中身は異質だろう。

フロントの女は、「同じ初段です。お打ちになりますか」と、二人に同意を求めた。ウミセンは、男の顔を見てにやりとした。にやりは癖だろう。男は、にっこりと返した。

二人は、頷いてちょっと頭を下げた。

「あのあたりで」

男は、閑散とした隅っこの、すずらんの窓辺の空間を指さした。

「ああ、いいでしょう、行きましょう」

ウミセンは素直にうなずいた。二人は、仲良く人の少ない隅っこの、明るい窓辺に席を陣取った。

少し離れた待合場所から、それとなく、首をもたげて、こちらから目を離さない、監視しているような視線を感じた。同じ年頃の老人である。ウミセンの付添人だろうか、秘書だろうか。男は、着席して帽子を脱いで横に置いた。

「ではよろしく」

「や、よろしく」

初めて真正面から顔を突き合わせた。

四

技量は同じはずだ。

素人初段という自己申告である。強くもない、弱くもない、ごく普通、平均並みだが、碁のいちばん面白いクラスだ。ミス連発あり、ドンデン返しあり。

ウミセンは、分厚い唇をゆがませたが、ごく神妙な面持ちである。案外、まじめな男かな。

意味ありげに、また、にやりと男の顔を見た。このにやりの凄みで、反対党の相手を威嚇する。ところが、ここでは、かわいい愛嬌のある、親しみやすい、にやりに思えた。にやり、もいろいろ使い方があるな。妙なところに感心した。

（俺のこと、わかったのかな）そういう、にやりだと思った。

そこで、男も、にっこりした。

（わかったよ。わかったよ。あんたのこと、国会のご活躍のこと、悪名のこと、悪党ぶりのこと知ってるよ）というにっこりだ。

「同じ初段ですから、では、握ってください。どうぞ」

男はいった。石を握って、先手後手を決める。ウミセンは、右手の太い、ぶよぶよした白い短い指で、置いてあった碁笥《ごけ》に手を突っ込み、黒石をいくつか無造作に握った。握ったまま、こぶしを碁盤の上に置いた。さあ、いくつ握ったか、当ててみなさい。という意味である。

乱暴な置き方ではない。ぴしっとした置き方でもない。きわめて遠慮深そうな、気の良さそうな、丁寧な置き方である。丸っこい短い、かわいらしい指と、こぶしである。碁は、石の置き方、ちょっとしたマナー、打ち回しで性格がわかるという。親しみを感じた。愛嬌も感じた。

男は、黒石を一つだけつまんで、ぽんと碁盤の上に置いた。半先《はんせん》、すなわち奇数ならば先手の意味である。博徒並みである。

ウミセンは、こぶしを開いて、自分の握った石を碁盤の上に並べて、人差し指と中指で、二《ちゅう》、四《ちゅう》、六《たこ》、八《かい》、と二つずつ数えた。偶数か奇数かを、二個ずつ数えて並べた。八個で偶数である。丁《ちょう》と出た。

外れだ。そこで、ウミセンが先手の黒石と決まった。黒石の碁笥を自分の傍に引き寄せた。

「では」もう一度、互いに軽く一礼した。

ウミセンは、着手として碁盤の手前の右の星の位置に黒石を丁寧に置いた。

男は、自分の右手前の星に白石を置いた。ごく普通の着手である。石の置き方も、そろりと、丁寧に失礼のないように、気遣いが感じられた。穏やかだ。

(国会の悪役も、ここでは妙に神妙だな。可愛げがあるわい)

男は、ウミセンを見直して少し好意を持ち始めている。

(自分は、ちっぽけな会社でコップの中の嵐を、それなりに戦ってきた。ウミセンは、国会で日本を舞台に戦っているつもりだろう。土俵は違っても戦いは戦いだ。自分はコップの中なりに命がけの戦いだった)

碁は打ち回しで、性格がもろに出るといわれる。どのような打ち回しだろうか。ウミセンの戦術、戦略はいかに。楽しみである。穏やかな布石となった。

五

国会で、ウミセンに反対党の議員が意地悪い質問をした。

「ラスベガスのカジノで、あんた。一晩で三億円負けたと聞くが、本当か」と詰め寄った。

ウミセンは、うそぶいて答えた。

「それは事実と違う。俺が負けたのは、四億八千万だ。だが誰にも迷惑かけていない」

と、開き直った。このふてぶてしさが、ウミセンの本領だ。

かつてウミセンの親分筋の議員も、そういうところがあった。反対党の議員が突っ込んだ。

「あんたは、地元で妾を六人も囲っているそうではないか」

詰め寄られて、親分は否定した。

「それは事実ではない。俺が囲っているのは、八人である。しかし、今もって八人の面倒は見ている。皆、ばあさんになったが、ひとりも見捨てていない」と、居直りうそぶいた。

　ウミセンの二手目は、自分の手前の左星である。奇手を予想していたが、これも意外だった。きわめて普通の常識的な着手である。男も、自分の手前の左の星に置いた。お互い穏やかな、常識的な着手が続いた。


　男は一見、穏やかな性格と見られているが、意外に短気な一面があった。勝負好き、喧嘩好きな一面もある。切った張ったが多少好きだ。穏やかな、常識的な手を嫌った。会社では相手を決めつけて、いらざる敵を作ったこともある。

　待ちきれずにじりじりして、喧嘩勝負に出た。挑発で切って出た。しかし、男の切った張ったの勝負手に対して、ウミセンは極めて、穏やかに受ける。拍子抜けするくらいだ。

　男は、ますます悪役のウミセンが好きになりかけた。これが、あの名だたる悪役か、本性は意外と穏やかで愛らしいではないか。穏やかな常識人ではないか。国会のテレビの前の、あの悪党ぶりはなんだ、演技か。ジョーカーを演じている。二人は、長考もなく、淡々と打ち進めた。

男は、窓際のすずらんに時々眼を当て、眼を休ませる。清楚な姿である。男はまた、初恋を思い出している自分に気がついている。

五十年も前のことだ。新米の若造の机の上は、いつも花盛り、恥ずかしいほどだった。傍目に悪いようだったが。初陣を飾ってくれた。感謝の一言も言わなかったが。今思えば、人生の宝、あの少女は、幸せに人生を送ってくれているのだろうか。

二人は共に、貧しく家庭の事情もあり、年少の身で、不幸にも不運にも、助走期間なく、社会に飛び出さざるを得なかった。会社では多分、最年少で、ひよっこ同士だった二人。それで毎日、机に花を飾ってくれたのだろう。同士のよしみで、人生の門出をささやかに勇気付けしてくれたのだろう。がんばれと、ささやかな幸運というべきか。

しかし、あの頃、なぜ会話すらできなかったのだろう。すずらんの少女と、もし、手でも握ったら、あの頃の俺は、ハート・ブレイクだったろう。

碁の勝負の合間に、そんなことを、ちらちら思い出している。あの頃は、ひよっこ、この頃は厚顔のじじい。

ウミセンの着手は、常に穏やかである。

男は、意外と短気で、切った張ったと喧嘩を仕掛けるが。ウミセンは、常に穏やかに受けた。

外見は、同類に見えるが、中身は全く違うらしい。男が喧嘩を仕掛けても、常に穏やかに受けた。碁の世界では、男が暴力的で、反社会的で、乱暴だが、ウミセンは、最高の常識人で紳士だった。

中盤に差し掛かっていた。形勢は不明、やや混戦だが、勝負はこれからである。

と、ウミセンを遠くから見ていた初老の男が、そっと近づいてきた。なにやらウミセンの耳元でささやいた。ウミセンは、しきりにうなずいている。

ウミセンは、急に顔を向けた。両手を軽くついて、男に頭を下げた。

「申し訳ありませんが、実は、急用ができました。勝負は途中ですが、今日はこれで終わらせていただきたいのですが。よろしいでしょうか」また、丁寧に頭を下げた。

男は、拍子抜けした。なんだ。

「はあ、そうですか、仕方ありませんな」

ウミセンは、「では、そういうことで、では、引き分けということで」

男はやむなく承知した。ウミセンは、立ち上がりその場を去ろうとした。男は多少心残りである。思いついて、星取りカードを取り上げた。

「サインしていただけませんか。このカードに」ウミセンはにやりとした。（わかったな、俺のこと）海山仙太郎、と几帳面に、楷書で、ゆっくり丁寧に書いた。

「これでよろしいか」にやりとした。にやりで人をひきつけ、にやりで人を威嚇する。

「ありがとうございます」深く頭を下げた。

「機会あれば、また」

「その節は、よろしく」

ウミセンは、あたふたと去った。すると、残った秘書らしい初老が近づいてきて、男の耳にささやいた。

「それで、お金は、いくらお支払いすればよろしいか」

「え、なに、お金？」

お金と聞いて、男はびっくりした。何の意味か、そうか。賭け碁の場合を想定していたのか。

「とんでもない」慌てて手を振った。

「ほんとにいいのでしょうか」

「もちろんです、もちろんです。とんでもない」慌てて両手を振って断った。賭け碁など、考えたこともない。ウミセンの秘書は、にやりの秘書は、あらゆることを想定しているらしい。

六

その後、ウミセンは、政界を引退して、バラエティ番組に出演していた。おどけたキャラを演じ、結構人気者になっていた。なんでもできる幅がある男らしい。強面《こわもて》でも、おどけでも、ジョーカーでも、ピエロでも。その後、消息が途絶えた。

何年か経って、男は、自宅の陽の良く当たるリビングで、紅茶をすすりながらのんびり新聞を読んでいた。

ウミセン逮捕の記事が。社会欄の隅っこから飛び込んできた。

「や、や、また塀の中か、何をやらかしたか」

なんでも詐欺事件の巻き添えを食ったらしい。多額の借財を背負って、どこかで借金したまでは良いが、それでも足らず、担保物件を強引に借り受け、さらに借金を重ねたようだった。二重担保である。これは明らかに詐欺罪だ。だが塀の中で、

「罪は罪だ、それは認める、だが俺は破廉恥なことはしていないぞ、男だ」

唇をゆがめて、へ理屈でうそぶいているのだろう。

破廉恥の意味がよくわからないが、弱い者をいじめるのが破廉恥で、強い者に突きかかるのが男とか。

碁は、中盤で引き分けとしたが、人生の終盤を誤ったな、と思った。大事な大事な終

盤を。

（だが、俺だって終盤をよく間違える、俺だってこれからどうなるか、わかったものでない。お互いさま。これも引き分けか）

サイン入りの対戦カードを机の引き出しから取り出した。海山仙太郎と律儀に書かれている、崩さず、楷書でまじめな字だ。悪党のはずはない。

差し入れして、碁仇と再戦をしたいような気持だ。せめて碁は決着をつけてみたい。ちょっとばかり懐かしい。

あとがき

私は関西から東京に移住してまもなく「文学横浜」という伝統ある同人誌に入会しました。平成一七年（二〇〇五）頃だったと思います。

以来、毎月一回、読書会が活発に開かれ、年に一回、同人誌が発行されております。

その同人誌に掲載されたうちから選んで、此度、この作品集（『ノーチ　夜』）と致しました。

歴史、近代、現代小説など様々です。長い人生経験で得た辛苦や恩愛などが自然に滲み出ておれば幸いと思っております。

著者略歴
浅丘邦夫（あさおか　くにお）

本名、浅田邦夫。

1929 年（昭和 4 年）、神戸市須磨区生まれ。

神戸市立外事専門学校に学ぶ。

会社監査役などを歴任。

西宮市、高槻市から東京都へ移住。現在、鎌倉市に在住。

母教会は日本キリスト教会西宮中央教会。

著書に『帰ってきたパードレ きりしたん物語』（文藝春秋企画出版部、2024年）など。

ノーチ　夜《よる》

2024 年 12 月 25 日　初版第 1 刷発行

著　者　浅丘邦夫《あさおかくにお》

発　行　株式会社文藝春秋企画出版部

発　売　株式会社文藝春秋

〒 102-8008　東京都千代田区紀尾井町 3-23

電話　03-3288-6935（直通）

装　丁　箕浦 卓

本文デザイン　落合雅之

印刷・製本　株式会社フクイン

万一、落丁・乱丁の場合は、お手数ですが文藝春秋企画出版部宛にお送りください。

送料小社負担でお取り替えいたします。

定価はカバーに表示してあります。

本書の無断複写は著作権法上での例外を除き禁じられています。

また、私的使用以外のいかなる電子的複製行為も一切認められておりません。

©Asaoka,Kunio 2024　Printed in Japan
ISBN978-4-16-009072-9